孙婷 著

二物半生事

陕西新华出版
太白文艺出版社·西安

图书在版编目(CIP)数据

三二物 半生事 / 孙婷著. -- 西安：太白文艺出版社，2024.3
ISBN 978-7-5513-2512-7

Ⅰ.①三… Ⅱ.①孙… Ⅲ.①散文集－中国－当代 Ⅳ.①I267

中国国家版本馆CIP数据核字(2024)第000813号

三二物 半生事
SAN ER WU　BANSHENG SHI

作　　者	孙　婷
责任编辑	付　惠　关　珊
封面设计	Ada
版式设计	建明文化
出版发行	太白文艺出版社
经　　销	新华书店
印　　刷	西安盛业印务有限公司
开　　本	880mm×1230mm　1/32
字　　数	140千字
印　　张	8.25
版　　次	2024年3月第1版
印　　次	2024年3月第1次印刷
书　　号	ISBN 978-7-5513-2512-7
定　　价	50.00元

版权所有 翻印必究
如有印装质量问题，可寄出版社印制部调换
联系电话：029-81206800
出版社地址：西安市曲江新区登高路1388号（邮编：710061）
营销中心电话：029-87277748　029-87217872

自序

对于文字，我极少抱有执着的心态。我总以为，文字是承载人类思想和情感的容器。器具固然可粗糙可精美，恰如文字的打磨，或漫不经心，或精益求精，而思想闪耀出的光芒以及人的情感中那些不可言说的细微幽深才是使文字熠熠闪光的唯一意义。一本书从作者身边独立出来，就像业已成年的孩子离开父母，此后，他（她）要参与到社会更广泛的"人际交往"中，接受陌生人的注视，建立一个属于自己的关系网络。当这本书即将离开我时，我已为此做了充分的心理准备。我将让自己作为一个完完全全的读者，用一种陌生的、毫不知情的目光打量它，如同初次相见，希冀得到怦然心动的一瞬间。于是，我秉承了以往写完后从不回头的做法，没有再多看一眼书中那些曾令我或激动或伤感的一行行文字，任由它以后在红尘岁月中自我生长，长出自己的模样来。

书中所写的很多事物已经离我远去，彻底找不回来了。我无法想象曾在它们身上投入过如此多的情感。即便是依旧伴随在身边的物件，如今再要写，也不会是当初的心情了。情随事迁，无数被时间漫漶的日子悄无声息地流逝，填满来时路上一个个坑坑洼洼的脚印。我把这些蒙太奇般的脚印拼凑在一起，终于呈现出如今的我的样子。人生何尝不是如此？年轻时曾梦想仗剑走天涯，无数星星之火在无边的内心宇宙中闪烁跳跃，明了又灭，似乎真有燎原之势，然而终究抵不过时间那张公正无情的严肃脸孔。写作期间，我一直在读辛弃疾词集。"醉里挑灯看剑"的辛弃疾做梦都渴望再回到吹角连营的沙场征战，到头来不过是"却将万字平戎策，换得东家种树书"。理想与现实往往不仅达不到和谐与平衡，甚至是尖锐的矛盾。而这中间偏又有公正的时间加速现实偏离理想的脚步。这本书就是在此种焦迫的心情下写成的。当我回望短短的半生来路时，发现其实属于自己的很少很少，过往的人、过去的事塑造了如今的我，然而拼凑出来的这个人的模样，却不是年轻时我所期盼的。一切都被偷走了，留下来的，都不是我想要的。

　　接受当下，就是接纳自我——无论这个"我"是不是当初自己无比期待的。所以，我用文字记录下过去发生的点滴。那张破碎在一件件物事里的年轻面容已然被吹散在飞逝的岁月中，不再是我所能拥有的了。然而，当下经历的一切正在时间的废墟里重新捏揉整合一个新的我，我别无选择，必须接受。让这崭新的经历不断塑造我，使我成长，才能忘记那些我无法留有的虚无之念。

我从来没有同别人聊过人到中年的状态，不清楚他人是否感同身受。我写作，也并不刻意寻求知音。这世上没有一个人能真正读懂另一个人。人生各异，冷暖自知。我写作，是为了给自己一个确实的交代，为了斩断因忧虑时间流逝而整日惶惶的不安感，为了有勇气认识镜子里那个新的我。如果个中文字有一二能打动读者，我将为红尘有你而感激岁月的慷慨。

　　法国作家阿纳托尔·法朗士（Anatole France）说过一段话："书是什么？主要的只是一连串小的印成的记号而已，它是要读者自己添补形成色彩和情感，才好使那些记号相应地活跃起来，一本书是否呆板乏味，或是生气盎然，情感是否热如火，冷如冰，还要靠读者自己的体验。或者换句话说，书中的每一个字都是魔灵的手指，它只拨动我们脑纤维的琴弦和灵魂的音板，而激发出来的声音却与我们心灵相关。"或如此言，希望这本书里的文字既是我的，也是你的。

　　是为序。

2023年冬于西安

目录

上篇 我有一瓢酒

003　　咖啡杯
006　　绿手串
008　　平安符
012　　透明伞
014　　毛笔
017　　鞋垫
020　　碑石
022　　床头灯
024　　奶茶
026　　烤箱
030　　自行车
038　　小红包

042　　耳机

046　　布老虎

049　　毛绒地毯

052　　红裙

056　　地球仪

060　　护手霜

063　　碎花裙

067　　保温杯

070　　拆信刀

072　　书签

076　　口红

081　　花束

086　　眼镜

093　　桌垫

097　　　染发剂

　103　　　　指甲油

　　106　　　　门帘

　　　112　　　　帆布包

　　　　117　　　　臭豆腐和烤面筋

　　　　　122　　　口罩

　　　　　126　　　小白鞋

　　　　　129　　　香炉

　　　　135　　　防晒物

　　　141　　　肥皂

　　147　　　手机

　　152　　　法桐、越剧和莫文蔚

156　　　窗台上的皮卡丘

下篇 草色年年满故城

- 161　春晓园
- 164　草滩
- 168　21 路
- 172　龙首原
- 175　杜陵葡萄园
- 181　袁家村
- 186　城墙
- 194　感业寺
- 199　长陵与未央宫
- 203　此生长乐共未央
- 231　此恨未央

上篇　我有一瓢酒

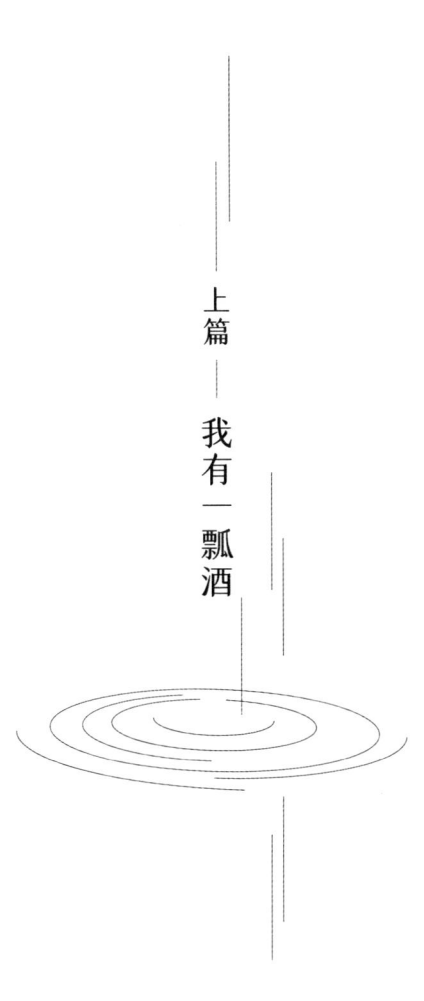

咖啡杯

咖啡杯已经伴我五年。五年前迷恋上各种杯器，于是在网上遍寻中意之款，从典雅含蓄的中式器皿到花团锦簇的英式茶具，乱花渐欲迷人眼，越看越喜欢，越看越难以取舍。偶然间看到一个叫作LOUIS CAETON的店铺，是一家主营欧式家居用品的网上小店，店里的咖啡杯虽是欧式风格，但并非西欧宫廷风那样浓郁的花式杯盘，也不是北欧的冷淡风。这家店铺的咖啡杯是俄式风格，图案繁复却不显浓郁甜腻，色彩也以清淡的蓝色为主，倒让人眼前一亮，遂当即下单。几日后到货，拆开包装，果然不负多日期许，且近看之下，比图片漂亮许多。杯子采用了高温釉下彩的工艺，手绘蓝色的纹饰间嵌有少量的描金图案。杯、盘通体白底蓝图。杯口内端顶部和盘口杯底内圈都有一圈描金花纹，半圆形外圈里绘着小半圆形，小半圆与大半圆之间有放射性线条连接，类似一个个半个太阳一般，装饰着杯口。杯口和盘口则是金线环绕。勺子为金色，勺柄顶端配有与咖啡杯相同的纹饰，四周描金图案，呈水滴状，似是滴水绵延而下形成了一把咖啡勺，颇有意味。我顶喜欢的要数杯子的杯把：宝蓝染色，仿佛一块蓝宝石熔化后，把自己生命里全部的蓝都给了这小小的杯把。杯把手握弯曲处一叶一花，共绘有五组花叶图案，沿手柄底部向上延伸，远看不大能注意到杯把侧面的图案，拿近了细看，方能留心到这处小心思。总而言之，这款咖啡杯一眼望去，于淡雅中不失华贵，颇显俄式风格。

因我喜欢饮茶，所以这款咖啡杯买回来后，其实很少用到，大多数时候是当作摆设，杂放在书堆里的。前年不知怎的，突然不能喝茶了，每每茶刚入口不久，肚子便翻江倒海，闹腾不已。几个回合下来，我终于明白自己从此是要远离各种茶了，于是将家中所剩新茶旧茶索性都送了人，茶杯、茶壶等各种茶具也一并收了起来，买来的三件香器随着茶器的失宠，也被打入冷宫。香器倒也不全因茶具而彻底失去地位，只因每次燃香，家里的空气净化器就开始疯了一样地工作，往日雾霾那么严重，都没见它欢腾过。净化器的努力工作加重了我对空气质量的担忧，于是便不再燃香，减轻净化器的滤芯负荷，也减轻我的焦虑。

茶是喝不成了，可是对茶的依赖却成了瘾。也不知是从哪天起，我开始喝咖啡，等到发现这习惯，咖啡已然是每日必备饮品了。于是，这几年间都不怎么使用的咖啡杯从审美物件化为实用器皿，承担起了自己本来的使命。日日用它，金色的勺子染上了咖啡的颜色，倒有些古铜面貌了。杯盘依然完好无损，图案鲜艳如昨，几次想要换新杯，然而每日见它用它，真要动了换掉它的心思，又总有些不忍。那日在朋友圈发了一张图，咖啡杯偶然出镜，朋友说"杯子好看"，索性断了换杯的念头。

年年岁岁花相似，岁岁年年"人"不同。它陪了我这么久，我这岁岁年年不同样的"人"，它已见惯，何必再找新杯磨合？只是它年年岁岁依旧，我却不知有生之年能不能读懂它。

或许，有一日，它也会出现在旧物市场上，把我微末不值一提的人生告诉新的物主。于是我明白了，哪怕我的人生再平庸，它也会如水滴汇聚成河一样，静静地倾听我的一字一句。

这么一想，我突然觉得生而为人，不再孤独。

绿手串

读书时买过一只绿手串。透明松紧细带上盘了一圈水钻，中间三颗圆润饱满的绿石嵌在几粒更小的水钻之间，盈盈的，令手串顿然生色。手串没有扣带，接口处的松紧细带自然垂下来，也用了小水钻装饰。手串从"祖母绿"到"钻石"，都是仿制，不值钱，但我特别喜欢它的款式，因而也戴了许久，直到它自然断裂。

手串最抢眼的要数那三颗通透翠绿的"宝石"，仿佛是经了春天的绿染色而成。这三颗珠子绿得让人欢喜，每每见之，精神气色似乎都被这绿的生动感染了，心里总是不由得愉快起来。水钻们众星拱月般地烘托着这三颗珠子，在阳光下也闪耀出自己的光芒。因为欢喜，几年间我一直随身戴着它，不离不弃。有时候买了新的手链或者手镯，戴一阵子，心里就又惦记起绿手串来，还是把它从首饰盒里拿出来，戴在手腕上。

那几年，我过得愉快、平静、满足。

某日，我依旧准备从盒子里拿出绿手串，然而就在要戴上它的那一瞬间，手串的松紧细带突然断裂，水钻们纷纷脱离松紧细带，飞散落地。三颗绿珠子随着小"钻石"的脱落，也滑了出来，滚落到首饰盒周围。我拾起绿珠，试图让它们"重归于好"，然而松紧细带断裂的程度已经无声地向我宣告了绿手串生命的终结——即使换根带子重新穿起手串，珠子和小"钻石"的排列也不可能还原如昨了。"算了，戴了这么久，也够本了。"这么想着，就把它随手丢到了首饰盒里，不再去管。后来觉得它占地方，某天便随手扔掉了。

绿手串丢掉已经好几年了。昨晚突然想起它来，便去翻了翻往日的照片，发现除了当年的结婚照留下了绿手串的身影，其余照片竟不见它一点踪迹。照片里什么手链都有，就是不见绿手串。那些年手腕上戴过的其他链子，我一点印象都没有；独独印象深刻的绿手串，我却再也找不到了。

我多么怀念那颗愉悦、平静、满足的心，扔了，就再也找不回来了。

平安符

车里内后视镜上挂着的平安符是六年前朋友送我的。那时刚刚换了台新车,翡翠绿的颜色,开出去特别显眼。那是日子最如意的几年。去4S店看车,销售导购说,我相中的马德里金一个月左右才能到店提车,现提的只有白色、红色和绿色。我去停车场看了看,这款车的红色土里土气的,见之让我脑海里陡然浮现出刚下过雨的泥点子沾满车身,我开着车颠颠簸簸地行驶在乡间小路上的恼人情景;至于白色,满大街都是这款车的雪白身影,实在毫无新意。得意的日子,谁在乎多想一点儿?我不假思索地跟销售帅哥指了指绿色,就它吧。

车很快提了回来,上牌、办手续,事事完备、顺利。呵,人生顺利时,万事都随心所愿。

没多久,我开着车去给朋友送杂志。车开到她工作单位门口,她早已等候在那里。见我换了新车,不免随口称赞一番,然后递过来一个精致的盒子,我打开一看,是一个蓝色水晶平安符。长条形的微透晶体上雕刻着"平安"两个字,"平"字的竖笔随晶体延伸舒展,收笔处与"安"字之"女"重合,"平安"底下一朵蓝莲花剔透如冰。我笑了,说"这正好挂在我车里"。朋友亦笑,说"没料到你换了车,这平安符倒是恰逢其时"。

朋友长我若干岁,审美成熟,彼时我的审美还趋于粉嫩可爱一类的小玩意儿,便不觉得这平安符好看。我极少在车内装饰上花功夫,又觉得开车胆大心细、遵守交规,自然平安,挂饰一类的玩意儿至多起到心理安慰之用,所以不甚留心车里这些挂饰配件是否能保我平安。然而朋友所赠,是无意之举,亦是彼此间心有灵犀,所以这水晶符也就一直挂着,没有换过,如今已快七个年头了。

这几年越发少见朋友们。人到中年,各有各的忙碌,各有各的心事。前几年见不到面,微信上还聊几句,群里也是热热闹闹的,疫情以来,人与人之间交往疏远了不少,虽自信友谊仍在,但也不似当年那样如胶似漆。工作的烦心、生活的焦虑渐渐比与朋友见面更让人牵肠挂肚。当年我们曾探讨人生,可人过四十,才发现人生无须探讨,因为我们每天正在经历的,都是人生。三十而立,四十不惑。四十岁，每个人的人生走向已然明朗，"性格决定命运"，每一天的经历其实都在磨砺着一个人的性格，只是有人选择了妥协，有人选择不甘妥协。与环境妥协了，叫认命；不愿与环境妥协，叫不认命。看清了以一己之力改变不了环境，只能多少改变自己。而那些看清了现实，依然选择不肯妥协，甚至甘以一己之身抗争平庸生活的人，他们是真正的勇士。这样的抗争代价太大，是人生观、价值观与个人命运糅合的抉择。

我们的普通，大抵都源于无力改变环境，只能改变自己。这些年眼看着朋友们与我一样步入中年，工作和生活上的烦心事"按下葫芦浮起瓢"，时间仿佛一条没有情感的河流，一脸严肃地东流不回头，我们也在波澜不惊地随着时间的流逝，默默前往生命的终点。在生活的河床里，性格的棱角从尖突的峭石磨成光滑的鹅卵石，然后随着众多石头一起沉入河底。所谓宿命，或许即指此。

送我平安符的朋友在学国画。我们有两年没见面，她也几乎不发朋友圈，只一两次，她在群里发了自己新近画的山水花鸟画。我不懂画，但看着觉得很好。

近来我也拿出毛笔临帖。无力改变的环境，不甘放弃的自我，在四十上下的年纪，权衡左右后，不能做出勇士般的牺牲，只得寄情物事了。

车里挂着的水晶平安符，如今看着虽觉得俗气，但似乎又懂了些言外之意。那朵栩栩如生的蓝莲花，此生即便不得牡丹之艳，亦不肯处淤泥而伏低。若于尘世中如这蓝莲花一般生存，也是一种幸运吧。

真想通了，人生这条路至少在自己心里也算完满了。

透明伞

阳台的角落里搬着一把透明伞。之前，它一直放在汽车后备厢里，以备不时之需。那天，下了一场不大不小的雨，下雨那日我的车限行，只好步行接送孩子上下学，车里的这把伞就是那时拿回家的，然后搁在阳台，直到如今。

家里有好多伞。大的、小的、折叠的都有，伞面的各式花色丰富得如同万国博览会，搞得我每次下雨出门，都要在该拿哪把伞配当时的衣服才显得和谐这一问题上耽搁好些时间。如果匆忙中随便抓一把就奔出去，那路上闲暇时，我就会被这不和谐的衣服与伞的搭配搅得心烦意乱。索性买把没颜色的透明伞，一劳永逸。

其实，西北城市干燥多尘，下雨的日子并不多，我也不明白为什么一路收集了这么多花花绿绿的伞。如今，就连这朴素无华的透明伞也不经常用了。晴好的天气，阳光从东面斜射进屋子，整个阳台被照得温温暖暖，花儿也趁着暖阳早早盛开。唯独这被撇在角落的透明伞，因被储物箱和箱子上摆放着的鲜花遮蔽，身上始终照不到阳光。它一直安静地待在角落，渐渐地，把自己待成了一幅停留在阴影里的素描。

那些用过后就被尘世遗忘的，渐渐都习惯了沉默。在沉默的孤独中，世间事看得更分明。看清了，更不愿再开口，于是只好在孤独中继续沉默下去，直到最后活成一幅停留在时间里的画作，被尘沙微风带进历史长河，再无人问津，再无人知晓世间真的故事。

毛笔

我用来练习书法的毛笔特别不专业。

毛笔是随临摹帖一起买的。脑子一热,买了三沓好几百张的小楷临摹帖,内容是《论语》《心经》和《将进酒》。因为买得多,所以老板送了小楷字毛笔、画毡等七七八八的书法物件。刚买回来时,兴致颇高,三个帖子轮着临。然而终究还是心气浮躁,没几个月,也就停了笔。帖和笔就放在了书柜最下层,占了整整一个格子的空间。其间偶尔也会想起来临一张,不过也没最初那么认真了。

前阵子看到网上有一种类似钢笔外形的毛笔,据说是从日本传过来的新式毛笔。我是个好奇心重的人,禁不住视频里的诱惑,买了回来。这回是买毛笔附赠临摹帖——十来张行书《雁塔圣教序》跟着新式毛笔风尘仆仆地快递到了我手上。拆开包装一看，毛笔做得如同钢笔一样，这样一来，书写者握笔时极少出现手腕颤抖的情形。毛笔的笔尖也同钢笔一样，细细的、短短的，笔身可以灌注墨汁，而不必经常蘸墨。与羊毫、狼毫等真毛毛笔不同，新式毛笔是海绵纤维笔头，且笔头使用时间长了以后还可以更换。这种钢笔式毛笔对初学者来说，倒是挺好上手的，我用它来临小楷，手腕很少抖动，写出来的字也工整干净了许多。

不过用新式毛笔写行书吃力很多。诸多书体中，行书算是最潇洒、最具行云流水气质的书体了。与楷书一笔一画皆要讲究提按顿挫感不同，行书是书写者在运笔过程中最符合纸上书写的自然状态的书体。不似楷书规范工整，亦没有草书那样偏向艺术性，行书在日常的纸上书写中最普遍。临了若干张小楷后，我便急不可耐地拿出了行书集字《雁塔圣教序》——虽然楷书还没有练好，但是作为一个闲来无事打发时间的爱好，也不必拘泥于书体的演进式临习。用新式毛笔只写了第一列几个字，我就发现用它写行书异常费劲而且不好看。《雁塔圣教序》的字较大，行书运笔时线条连贯，单字内部的线条中断直接导致整个字呆板凝滞，毫无气韵。新式毛笔用海绵纤维模仿毛笔笔头，形似，且楷书因有提按等运笔动作，加上之前我临摹的是小楷，所以线条的中断从整个篇幅看，不影响整体效果。而且因为没有出现手腕抖动的情况，反而使那几张临作格外整齐。然而，行书流水般的书写过程突显了海绵纤维笔头的所有弱点：笔头的坚硬在写连笔线条时，毫无毛笔宛转回环的灵动感；墨汁因为提前吸入的缘故，下笔时每个字的墨色均一，写出来的字个个像标准产品一样，呆头呆脑，毫无个性；行书的书写节奏感也被笔的硬朗感打断，变得断断续续，好像一首流畅动听的歌因网络信号不好而变得时断时续一样，非常别扭。这么歪歪扭扭地写了一列，抬眼一看，实在难以入目，赶紧换了旧式毛笔再写。

旧笔因是小楷笔，写大字行书也不顺手，但较之钢笔式毛笔好了不少。可见术业有专攻，即便是随意写写涂涂，也要有趁手的"器"才行。

工欲善其事，必先利其器。我想，过几天还是得买一支写起行书来顺手的毛笔才好，要不，这字丑得真没法看下去了。

鞋垫

我是在大多数女人眼中备受羡慕的"吃什么都长不胖"的瘦体质人，从小到大总被人看作南方姑娘，一点北方女人高壮豪气的气质都没有，连姥姥都说我"将来要嫁个南方人才好"。瘦如闪电的身形也局限了一双脚：瘦小且脚背低，不但鞋号要小，还必须买系带鞋才能挂住脚。北方的商场里，女鞋的最小码是35码，而做鞋的工匠显然默认高跟鞋中间加根细带会让鞋的优雅感大打折扣——好容易找到系带高跟鞋，做得又跟娃娃鞋一样幼稚可爱——这让我在商场好多年一直买不到合适的鞋，所以鞋垫成了我挽救尴尬的必备品。特别是上大学以后，人变得爱美起来，高跟鞋里费尽心思充塞进去各种东西，成了双脚多年以来的沉重负担。几年下来，我的一双脚不仅脚底靠近脚趾处磨了一层厚厚的茧子、大脚趾有些变形，右脚后跟的皮肤还出现开裂，实在是不敢再折腾这双脚了。

脱掉了高跟鞋，却脱不了鞋垫。网上虽然能买到小码鞋了，但是在鞋里铺至少一层鞋垫成了我的习惯。现在更是方便：线上购鞋，大多数商家会赠送鞋垫或半码鞋垫，消除消费者拿到鞋后因码数不合适而要再费神购买鞋垫的烦恼。

商家送的半码鞋垫名目繁多，都号称"有踩屎感"，但材质多为透明硅胶而已。有了半码鞋垫这个"发明"后，我曾尝试买了两双无带低跟皮鞋。商家信守承诺，随鞋发来透明的硅胶半码鞋垫。我迫不及待地垫进去，踩上，走了两步。走不出十步，鞋子毫无疑问地又与脚后跟脱离了亲密关系，半码鞋垫除了让我的脚夹在鞋里毫无转圜余地外，再无其他用处。我只好脱下鞋子——要是穿着出去走一圈，怕是鞋都要飞出去了。

如今在网上买鞋，商家赠送半码鞋垫几乎成了默认的规则，所以我的鞋柜里放了一沓透明的月牙形鞋垫，但鞋子依然都是系带的，鞋垫仍然是多年以来一直用的花花绿绿的老式鞋垫。

家门口的十字路口东南角的路边，有一位老太太，看年纪有七八十岁，每天推着竹子做的老式童车卖东西。每天早晨，老太太把东西从车子里拿出来，铺一张白布在地上，布上放着她的商品。都是些零碎且不大用得着的东西，其中各种花式的鞋垫几乎占满了白布的整个空间，剩下的是身份证套、户口本套之类的东西。

我从她的摊前匆匆走过，所有人从一堆花花绿绿的鞋垫前匆匆走过。但小摊几乎无人光顾。我虽是需要鞋垫的人，但一双鞋垫来回铺在各种鞋子里，也没必要买很多。老人似乎也无意于做生意——她从不主动招揽顾客，也不看周围忙碌的身影、繁忙的交通；她总是佝偻着背，坐在花坛边上，旁边放着那个竹子做的老式童车；她布满皱纹的脸上，一双眼睛混浊无力，永远看不到亮光。身处新区繁华的大街，她却成了被时间遗忘的人。行人如我即使想要上前打招呼，也似乎隔着厚重的透明玻璃，感受不到这个人的任何悲喜哀乐，只在她身上看到时间对一个生命日复一日纤细入微的风蚀。而她，所剩时日不多，对此无能为力。

也许世间事、世间物都如她一般，抵挡不住时间的刻刀，一刀一刀刻画，周而复始，最终将物事刻画得支离破碎。再想要拼凑出曾经光滑如镜的美好模样，怕是连记忆也不复存在了。

我脚下花花绿绿的鞋垫，也终将被时间风蚀，飘散如烟。再无人知晓这世上曾有一块鲜艳的布，做出来一双鞋垫，伴着一个普通的女子，走过多年平静如水的人生。

碑石

世界上很多民族都有刻石立碑的传统。大自然沧海桑田，变幻莫测，人类万年历史不过宇宙的短短一瞬，生命易逝，甚至抵不过一粒沙石的"永恒"。偷食了智慧之果的人类没有得到永生的垂爱，于是灵与肉的纠缠披上欲望与理性的外衣，开始踏上前仆后继地重寻乐园的艰难旅途。

肉体倏忽而逝，腐烂成土，入海成灰，灵魂是否随着肉体的消逝而消逝？生命如何证明自己曾来过这个世界？其他的物种不会思考这些问题，可是吞食下伊甸园里智慧果的人类，吃饱饭后会思考这些最基本的哲学问题。"从哪里来""到哪里去""为什么要来到这个世界"等涉及生命本体的命题，被无数次地用各种符号、文字刻在碑石上，记录着一代一代的人类不息的关于生命的永恒疑问。

从法国先贤祠的刻文到中国碑石的铭与记，从个体的生死功业到家族的渊源伟绩，从一个民族的发展繁衍到人类共同的期许愿景，一方方精心寻找、打磨的石头上，刻下了人类用自己的方式理解自然和生命的心路历程。所谓雁过留声，生命属灵的蓬勃张力不甘于被困在时间所限的肉体躯壳里——灵魂可以无惧沧海桑田、斗转星移，而肉体甚至敌不过一场飓风地震的天崩地坼。碑石以其坚硬的属性，成为承载人类精神探索的最佳选择。即便是马路边一块巨石上用鲜红笔墨书写的"继往开来"四个字，也是精神的指引，遑论西安三学街上的碑林博物馆里，整齐陈列的无数方珍贵碑石，高大威严地陈述着千百年来这个民族对生命、对世界孜孜不倦的精神探索。而那散落在地球各地的史前宏大巨石，又会不会是先民与宇宙的永恒对话？

路漫漫其修远兮，吾将上下而求索。碑石，是人类求索宇宙与生命真谛的航标。它的永不磨灭，便是人类不安于现状的灵魂追寻真理的永恒精神的永不磨灭。

床头灯

床头灯被我几番更换,如今这盏是两年前买来的。

在床头陪我入睡的前一任台灯,整体看起来是中式宫灯造型,然而灯罩上的花朵却又似日式风格。长方体的灯身涂作大红色,灯罩上绘着密集繁复的花朵图案,一个黑色正方形的底座托起它。白天,窗外照进来的日光覆盖在红色的灯罩上,花朵显得愈发浓密撩人;夜晚,泛黄的光被灯罩笼着,不得突围,只得将满身暖意裹在灯里,明亮的光也被晕染开,四散在绵密清雅的花朵里,让人瞧着颇有醉意。灯好好的,没有坏,也没有残,只是我喜新厌旧,它就被如今这盏灯取代了。

新的床头灯主色为黑,造型似一柄团扇,直径约有四十厘米,灯光紧贴内壁一圈;圆形灯身中间镂空,铁艺雕刻着一根竹子;竹竿在圆形灯身的略低处与一根横亘的铁杆相连；铁杆上坐着一位高缙发髻的妙龄少女，一袭青灰色宽袖长袍，手上轻托着一个褐色茶碗；少女身旁有一个青绿色陶瓷花瓶，内里无物，可以自己插花作乐。整盏灯由一个黑色长方形底座托着，看上去高雅端庄又不失清丽温婉。

旋开旋钮，温黄的灯光贴着黑色外壁，照在留白的画面上，仿若月宫访仙，宁静致远。

如今，不管夜晚有没有月亮，我的床头一直有一轮明月照我心了。

奶茶

最早开始喝的奶茶,是珍珠奶茶。一杯奶茶喝到最后,就为了嚼那几颗沉在杯底的黑色"珍珠"。不知从什么时候起,大街小巷的奶茶店雾气似的弥散开来,只要想喝,穿着便衣下楼,出门随便往哪个方向一拐,街口十有八九有一家奶茶小店一解"相思"。再不知什么时候,奶茶的花样开始变多,令人眼花缭乱,一杯茶饮里添加不同的辅料,名字也"穿"上了不同的"衣服"。直到去年,各个奶茶店纷纷推出惊天地泣鬼神的诸如薏仁蜂蜜奶茶,我方才发觉,原来一杯简单的珍珠奶茶,好像一件夏日白色T恤,早已成了基础款。

后知后觉奶茶的花样翻新,也是甚少喝奶茶的缘故。自从胃有了毛病后,每每吃甜食或喝了含糖量过高的饮料,肠胃总不得劲,好似吃下去一座大山一样,半日不得消化，内里总有撑胀之感。对于奶茶这种含糖量高到被如今各种健康类公众号"声讨"的饮料，我自然更是避之不及。

奶茶店如今成了时尚坐标。一条潮流购物街如果没有奶茶店进驻，仿佛身穿一套精致的服装，却少了一条真丝丝巾围在脖子上一样，欠了点儿意思。我家对面的两家时尚购物中心，进驻的每家奶茶店都装修得精致时髦，各具特色。

近期上海疫情反弹，"上海，我要买咖啡啊"成了微博热搜第一。比之咖啡，奶茶太过甜腻。两相比较，咖啡似精致的都市女郎，奶茶像甜甜的邻家小姑娘。甜，是最让人有幸福感的味道，一场疫情带来的慌乱和被其打乱的生活节奏，一杯奶茶的甜度足以让人暂时忘掉种种不快，鼓起生活的勇气。

生活实苦，人类创想出各种甜食，也许是希冀以此对抗汹涌的苦吧。所以虽然营养师们高喊少食甜食，但奶茶依然是年轻人戒不掉的瘾。

戒不掉的，不是奶茶，是对甜蜜蜜的幸福的期盼。

烤箱

严格来说，厨房里的这台烤箱的学名叫"热风蒸箱"。虽然它的产品名只强调了一个"蒸"字，但实际上却有蒸、烤、炸、发酵等许多用途。自从这台"神器"被摆在厨房后，我的厨艺突飞猛进。

好长时间，我傻乎乎地只知道用这台机器加热一下头天的剩饭剩菜。健康类公众号喜欢不时地发《隔夜菜一定记得加热，否则……》之类标题惊悚的文章，据说放进冰箱里的剩饭剩菜隔几小时便会产生一种名叫"李斯特菌"的细菌，人若不当心吃了它，整个消化系统都会被搅得天翻地覆。"严重者会……"健康卫士们如是说。长长的一篇推文，跳进我脑子里的只有"几十分钟""几小时""甚至危及生命"若干词汇，将这些词汇连缀起来，一场生化危机被我迅速脑补出来：这些看不见的"小坏蛋"居然想破坏我本已十分脆弱的肠胃，可不能让它们得逞！所以每每大材小用这台蒸箱时，我定要把从冰箱里拿出来的饭菜热上最少十分钟方才罢休。热好了，晾凉，再吃。

灵光乍现有时候是突如其来的，令自己都猝不及防。我用这台机器开启新的厨艺模式，就是一瞬间的事。

某日，不知当时作何想，从超市里买回来的香肠已经切好，准备炒菜用，突然看到旁边放着的蒸箱，于是心底冒出一句话：要不试试烤肠？当下转换思路。新鲜的绿菜满心满意地躺在篮筐，等待与香肠在锅里相遇，我这媒婆在最后一秒却蛮横地拆散一对璧人，硬生生把香肠配给了毫无颜值可言的一堆孜然粉，留下绿菜孤独的身影在锅里抹泪。

对于驾驭机器这种事，我向来是凭感觉。香肠搭配上植物油和孜然粉，放进烤盘后，我拿出说明书，眼睛扫了几秒就丢开了——做饭这种事，凭感觉才能烹饪出属于自己的独特味道。扔下说明书，上手操作。两百度预加热，"嘀嘀"声提示加热完后，转钮旋至二十分钟，开始烤肠。

烤肠在烤箱里嗞嗞冒气，我趁着二十分钟的时间，赶紧接孩子放学。一想到一顿堪比便利店和路边摊，且干净无比的烤肠大餐等待着就要放学回家的孩子，而他吃了我亲手做的烤肠，肯定是赞不绝口，我心里简直乐开了花。不要说当妈的都希望得到子女对自己厨艺的夸奖，哪个厨师不喜欢听自己饭菜做得好吃的称赞？

我一路上跟儿子炫耀今天的午饭，带着心知某个秘密不可说却又忍不住想说的神经兮兮，终于撩拨起他的兴趣。急匆匆奔回家，洗手，进厨房，打开烤箱——

煳了。

烤盘上一堆黑煤块状的香肠仿佛被折腾得痛苦不堪，蜷曲着身子，可怖至极。真不敢想象这二十分钟它们经历了怎样难以言说的惊悚体验！我"尬"在原地，儿子还在餐桌旁等我端出神秘午餐。这下可好，不管是"李斯特菌"还是"斯特李菌"，我这一顿猛虎操作下来，"千磨万击成黑炭，任尔东西南北风"。

儿子见状，先是吃惊，继而哈哈大笑。今日的午饭，肉是没了，只能将就吃孤孤单单的蔬菜。如果这盘绿菜得知心爱的香肠姑娘在烤箱里最后二十分钟的"肠断"经历，它会不会痛彻心扉，以死相伴？

万事开头难。有了第一次的凭直觉烧烤，几经锻炼，终于掌握了香肠、素鸡、豆腐乃至鱼肉、鸡翅的烧烤火候，我的厨艺从此在厨房几平方米之地打开了新天地，而这台"热风蒸箱"也终于得到大干一场的机会。

如今,这台蒸箱成了我的御用烤箱,万物皆可烤,用起来乐此不疲。只是偶尔回忆起第一次做的黑炭香肠,我心底竟有些想念它们。

生活中的每个第一次,再微不足道,也是自己人生的大场景。

自行车

从出生到读高二，我一直住在一条狭窄的巷子里。小巷里只住着十来户人家，都是自己盖的二层楼房，1984年"农转非"，这十来户人才和南北两边的村民一起，成了居民。

"农转非"时，政府以安排工作作为征收土地的补偿，所以自我记事起，所熟识的大人们——包括我的父母——都有比较稳定的工作和收入，然而生活方式依旧充满乡土气息。这种乡土气是我在和周围正儿八经的居民们的对比中获得的印象。离我家几十米远的马路对面是送变电小区、无线电一厂；巷子南头出去，是西安最有名的友谊路，跨过宽宽的友谊路，就是测绘局；巷子西边是文艺路，一条路上分布着电大及戏曲研究院等单位；东边走不久就是雁塔路，煤研所、电视台家属院坐落其间。上学后，按照片区划分的学区，雁塔路小学和文艺路小学接收了小巷周围的绝大多数居民子女。小巷是学区的分界线——住在巷子西边的孩子归属文艺路小学，东边归属雁塔路小学。我们这十来户"农转非"的房子都盖在东边——西边是厂子和家属院——所以和煤研所、电视台的家属子女一样，入读雁塔路小学。

改革的东风吹到西北这座内陆城市时，差不多已是1985年前后了。这段时间我还是个小屁孩，没有上托儿所，接触的人都是户口本首页才写上"城镇居民户口"的农民。小时候的习惯，诸如只说本地话、穿棉裤棉袄、随地吐痰，我认为日常且正常，所以过得还算无忧无虑。

1987年以后，改革的大风终于刮进普通人的生活里。这一年，我胆怯地走进学校，开始了集体生活。

小学低年级无知无识，尚不留意我与其他同学，特别是住在家属院的同学的差别。大概是进入三年级以后，我慢慢对自己的一些生活习惯自惭形秽，并且开始刻意模仿那些家庭环境好的同学的一言一行。在实行计划生育最严苛的20世纪80年代，我还有个比我小一岁半的妹妹的事实，足以让我在班里抬不起头。虽然我们班有一部分同学和我一样是"农转非"，家里有两个子女的比比皆是，但从我的观察看，这个事实似乎对他们没有造成深入骨髓的影响，更谈不上自卑。但我不行，因为家里有两个孩子，我异常敏感多心，每每和正经的居民朋友玩耍，心底总不时泛出"我不如她们"的自卑感。

20世纪90年代初，胆子大的人都下了海，挣了钱，改善了家庭的物质条件。渐渐地，有的同学上学来带着多功能文具盒、日本漫画款橡皮、精致的尺子铅笔。我的父母依旧守着稳定的工作——家里有两个上学的孩子，四张吃饭的嘴，不敢折腾——收入上慢慢与其他家庭拉开了长长的距离。记得大概是上六年级的那个冬天，我妈坚持让我穿一条双膝打了补丁的红白相间的裤子，我无法拒绝，但是此后好多天，我都不敢抬头和同学打招呼。

家庭经济的拮据让我本就因出身而自卑的心更加不堪重负。所以，当我看到邻居们的孩子都有了花花绿绿的儿童自行车时，心里无比羡慕，无比向往，但就是不敢开口问父母要。

好在那时孩子的周末纯粹就是周末，没有作业，没有兴趣班，就是玩。我一到周末就跟巷子里同龄的女孩子们玩耍，她们骑着自己的自行车，在那条窄窄的巷子里，从北头骑到南头，我则跟在后面跑过来跑过去。我不好意思主动开口问她们能否借我骑一骑。好朋友骑了几圈后，累了，把车把交给我，让我去骑。我内心狂喜，然而脸上平静，装作漫不经心的样子，跨上自行车，脚下一蹬，飞驰出去，离开了原地休息的她。

一个周末，我爸的朋友带着孩子来家里做客，那个孩子我早都不记得是谁、长相如何，只记得那天他骑着一辆红色的儿童自行车，而且是不带辅助轮的自行车！我的邻居们还在骑带辅助轮的自行车呢！至于那天具体发生了什么事，大人们和那个孩子怎么交涉的，我完完全全不记得了。三十多年后的今天，脑海里唯一记得的，是那天我骑着这辆答应借我几天的不带辅助轮的红色自行车，满大街转圈，心情愉快得如同那天的天气，万里无云。

这天，这辆鲜红无比的自行车载着我，第一次上了友谊路、文艺路，围着小巷，转了一个好大好大的圈。

至于它在我身边留了几天，是如何还给那个孩子的，我也不记得了。

我不想记得。

我在自卑和敏感中度过日日夜夜，迎来了青春期。

十六岁那年，我爸单位分房——1997年最后一次福利分房。我爸是个淡泊的人，要不是我妈极力争取，找姨妈托关系，这最后一次福利房无论如何也轮不到我家。我终于离开平房，住进了两室一厅的家属院。

新房在南关正街，离小巷子非常近，大范围来说，还属于友谊路到文艺路一带。我读的中学还是老房划分的学区内学校，所以上下学不算远。但因为读高中以后，早出晚归成了常态，每天早上不到七点就出门，晚上七八点才下晚自习，而从南关正街到学校，只有一趟刚刚开通的中巴车，时间极不稳定，于是我爸给我买了一辆自行车。

五六年级那会儿，正经学会了骑自行车，用的是我妈的"二四"自行车和我爸的"二八"大驴。因为人小车重，我学车时不敢像骑儿童自行车那样上大路，只是在小巷子里转转圈而已。直至我爸买给我这辆粉色女士自行车，我才正式骑出巷子。

车子早晚存放在家属院的车棚，上学前和放学后，先把车抬进（抬出）老房——我家老房门前有个几米高的台阶——再去学校或回家。学校在操场后边让出一小片地，搭上简易棚子，专为学生存车之用，但为了省一个月几块钱的停车费，我还是把车放在了老房。

每天，我都是第一个从家属院车棚取自行车的人，四季于我不过是季节流转中确定时间的坐标系。管车棚的是个六十来岁的奶奶，带着几岁大的孙女，在车棚吃住，顺便帮家属院照管车棚，挣几个零用钱。奶奶认识我后，每天早上不到六点半，先起来把车棚门打开虚掩上，然后再进里屋继续睡觉。

那两年，车棚的奶奶总夸我"努力"。

记得高三那年冬天，一夜大雪，天地苍茫。我如往常一样，六点半准时推开车棚门，骑上自行车去学校。六点半的雪天，日未出，夜未尽，路上、树上、房上皆是银装素裹。黑与白的世界里，就我一个人，骑着一辆粉色的自行车，踽踽独行。

这世界，大得静谧，孤独，无边无际。

上大学后，我告别了粉红色自行车。大一那年谈恋爱，男友喜欢骑着山地车，载着我在校园里穿梭。我坐在车前杠梁上，轻轻呼吸着扑面而来的风。幸福，往往是一瞬间的错觉。

大二那年春天，我在校园玉兰花开的树下，对考入同一所大学的高中朋友倾吐恋爱中的种种不快和烦恼。朋友听后，劝慰了几句，突然对我说："想不想出去走走？我载你去郊外转转。"

他骑着自己那辆破旧的自行车，我坐在车后座上，一路向南。

经过政法大学，我们进去转了转。刚出校门，他的自行车因为太老太旧，经不起这长途负重的跋涉，车胎瘪了下去不说，零件也开始嘎吱叫唤。我俩只好推着自行车，一路走一路聊，直到走进一片正在修路的工地。穿过工地，我俩上到一处高坡上。甫一上去，便看见野花盛开如火，在春日的和风吹拂中，肆意烂漫地铺满整个高坡。

他把自行车漫不经心地扔到一旁，整个人躺倒在草地上，闭着眼睛，微微呼吸。我一向内向矜持，如影随形的自卑感迫使我每做一件事都要掂量掂量，是否在别人眼里这是"正确的"。所以对朋友这样——骑着破自行车，还能这么随性任意地躺在草地上，不惧草地上的虫咬蜂鸣，不惧远处修路工人投过来的眼光，我微微感到羞怯难堪。

我的想象中，这一幕春日踏青图，应该有一个帅帅的男生，一辆酷酷的自行车和一处空旷无人、遍地花开的山坡。

朋友见我傻傻地杵在草地上，一根电线杆子似的，一言不发，便起身硬拉我坐下来。之后我们聊了些什么也不记得了，无非是些琐琐碎碎的青春迷茫和情感的答疑解惑。太阳近头顶时，我俩起身，推着自行车下坡，在一家小而破的餐馆吃了午饭后，在路边给车胎打满气，他又载着我，跟跟跄跄地骑回了学校。

第二天，他打电话说，自行车昨天骑回去后，就散了架，不值得一修了。

毕业至今，我再没见过他。

生命是一场不断失去的旅程。这一路上，想要而不可得的，远远多于所得却非想要的。人生看似得到了许多，实则失去的更多。那些在我回忆里清晰可触的自行车，连废品收购站都已见不到它们破碎的身影，而我的回忆也只能是回忆，再也回不到彼时那地，遇见彼时那人，拥有彼时同样的心情。

渐行渐远的生命旅途中，天地苍茫，只有我一个人，推着一辆自行车，踽踽独行。

小·红包

昨天晚上，竟然诡异地梦到了小时候的一个红色小背包。

小红包是我妈买的，我和我妹一人一个。长长的一根背带调节长短，所以小红包可以单肩背，也可以斜挎。它是我偷穿我妈高跟鞋时期的随身时髦单品之一。

小包的颜色红得鲜艳明亮，妥妥的"正宫"色。略呈方形的外观，底部两个转角处设计成圆形，让小包显得甜美了许多。内里只一个大大的口袋，敞开来预备装进我所有的"宝贵家什"。

我的"宝贵家什"，无非是些廉价的塑料耳环、发饰、戒指、项链及手镯之类。

我把这些啰里啰唆的假首饰一股脑塞进小红包，每天清点一下数目，再把拉链郑重地拉上，然后带着满足的心情把包挂到门背后的挂钩上。

偷穿我妈高跟鞋的时候，我满怀仪式感地拿下小包，在里面扒来扒去，根据今天要扮演的角色——是律师还是办公室接电话的——翻出最合情境的项链、耳环，搭配一下偷穿的鞋的颜色，然后开始一个人的表演。我妹偶尔也加入进来，但相比角色扮演，她更喜欢到外面和朋友跑跑跳跳。后来，邻居的一个小女孩，比我小两岁多，也喜欢这个游戏——有天我偶然间偷看到她也在偷穿妈妈的高跟鞋——可算是找到了知音，于是有段时间我俩就各自拖着大如船舱的高跟鞋，在房间里扭扭捏捏地走来走去，声音造作，扮演着新加坡或者港台偶像剧里的都市女性。

我最喜欢我妈那双卡其色、尖头、带小蝴蝶结的高跟鞋，够成熟。每次我要扮演事业有成的都市女性时，就喜欢踩上这双既秀气优雅又够知性稳重的高跟鞋，然后从小红包里拿出那对已经被我摩挲得掉了颜色的"珍珠"耳环，开始装模作样的个人秀。如果打算扮演热恋中的女人，我喜欢从床底下拉出我妈的一双纯白（也可能是米白）色没有任何装饰的高跟鞋，假模假样地装作琼瑶笔下爱意缠绵的女主角，正和一个存在于空气中的帅气而情深的男子爱得虽然悲悲戚戚，但是感天动地。

我的整个审美观，是靠我妈的高跟鞋和小红包里那些假首饰塑造出来的；我的爱情观和事业观，则拜新加坡和港台偶像剧所赐。

敲下如上文字时，我一没有事业有成，二也没有轰轰烈烈的爱情。至于高跟鞋，因为脚背低，加上前几年双脚被折磨得够呛，已经穿不了高跟鞋，只能改穿平底鞋或者方跟鞋了。小时候扮演过各种类型的都市时髦女人，长大了也就长大了，也只有长大了方才明白，她们也不过是都市里最普通最平凡的女人，电视剧只是美化了她们的衣着打扮，让这些女人在最风光的时候，人生戛然而止。偶像剧不会告诉我，衣着光鲜的背后，卸下了光环的平淡日子与面对日渐平庸老去的自己，将是女人余生面临的最严峻的考验。这样的转变不是经常买买衣服、换换首饰就能解决的人生困境。

短视频平台上教女人如何提升自己的博主很多，我偶尔会快进看看，但心里自知，人这一辈子如何到达终点，男人有男人的困境，女人有女人的困境——每个人有每个人的困境。他人教你的，充其量不过是个万能公式，或者说，如何运用那些放之四海而皆准的道理，全在个人修炼的层次。这世上没有什么绝对正确的人生道路，全在于你的双脚如何走这条踏上便不能回头的路。有人把一手好牌打得稀烂，也有人手握一副烂牌，却成了人生赢家。手里的牌怎么出，不是博主们几分钟的视频可以手把手教得了的，全凭悟性和自己切身的人生经验积累罢了。

1997年搬家，那年我正好读高一。小红包在搬家时被我亲手扔掉了——我向来不喜欢积攒旧物。随着小红包一起扔掉的，是那些廉价的假首饰和童年的幼稚单纯。

从那以后，我开始了对自己、对人生茫然的探索。这条路漫长无尽，我也会探索不止，直至生命的最后一刻。

耳机

耳机是现代生活中最微小不过的物件之一。

歌曲在磁带年代的主要载体先是录音机，再是随身听。读书时，好多同学以练习英语听力为由，用或威胁或撒娇的各种手段掩藏真实目的，换来了生平第一台walkman（索尼随身听）。有了这台便携录音机，听歌随时可地，耳机随之成了必备品。

科技更新日新月异，从随身听到MP3再到手机听歌软件，不过倏忽间，听歌渐渐成了非常私人化的事情。打开听歌软件，歌单会推送各种音乐风格供听众选择，大数据的引入则让人们刚刚点开软件，就被推送的歌单淹没。有时候觉得这样似乎很好，又似乎很不好。

好多事情、好多情绪都是这样剪不断、理还乱。

我相信每个人在这音乐播放设备更新换代的几十年

间，曾买过无数耳机。从贫穷的学生时代几块、十几块的地摊货到如今几千上万的高品质耳机（我在网上查到的最贵的耳机，价格竟然高达一百多万元！），这不起眼的物件见证了一个人从青春到中年的奋斗与成就。都说玩摄影穷三代，若有人对音乐品质的听感相当在意的话，玩音乐似乎也能穷三代。

玩物丧"志"，是否可作此解？

大多数人顶配的耳机止步于千元左右。我家有一部耳机，一千多元，在专卖店斟酌了很久之后才买回来的。不得不说，听各种声音从它里面传出来，就跟从自己大脑里传出来的一样，逼真、立体、优美，让人十分享受声音的美妙。不过这部耳机着实沉重——也许正是沉重，才让声音的表现如此美妙——便只能在家戴一戴，上不得街。用过几次后，对声音不再执着，也就搁置杂物筐了。美如天籁，听多了也觉腻烦，大抵人的心思都不过如此。

人心不足才是人之常情。

欲望是把双刃剑，可以驱使人向上，也可诱惑人堕落。各种书籍讲座，修身也好，去"执"也罢，无非是让人学会克制自己的欲望。欲望的面目多不胜数，花里胡哨，可它终归是那个想要通过不断实现自我、征服世界、摆脱自然束缚以实现永生的渴欲。消费主义无非是将欲望无限放大并标价，暗示每个普通人：奋斗三年可以买几百块钱的耳机，奋斗十年可以买几千块钱的耳机，所以人的欲望是可以被满足的。消费主义看似给了每个普通人满足和实现的机会，然而不同价格区间的耳机，品质优劣自然不同，这也意味着一个人需要不断奋斗，才能获得通过物品标价满足的欲望，如此难免陷入消费主义陷阱。

这个现象在当下有个时髦的名词：内卷。

某心理学公众号还加以发挥，定义了一个叫"内耗"的名词。简言之，"内卷"是比对着别人"卷"，内耗是"自卷"。

反正，"卷"起来就是了。

疫情这三年纷纷扰扰。忙忙碌碌地跟着时代的大趋势，忙忙碌碌地跟着他人的节奏，仿佛只要不掉队，世界就会安然无恙，太阳照常升起。太阳永远都会照常升起，哪怕是阴雨天。可是当我被卷得身心俱疲时，除了无力感和挫败感充斥全身，别无光亮。在卷得如同花朵一样美丽的整体中，一个个自体变得越来越卑微渺小。自我的体魄被繁花似锦的物欲包裹，灵魂却陷入不断怀疑、不断自我否定、不断拖延的循环中，无法自拔。

疫情持续了三年，曾经以为安然的世界拨云见日，见得真貌。世事无常，渺小如你我，在灾难前的无助感较以往更加强烈。谁会关心一个具体生命的来去？谁会关心一个具体的人的内心经历？没有人比自己更了解自己，没有人比自己更关心自己。除去物欲的嘈杂，停下"卷"着走的步伐，认认真真地问问自己：我想要什么？是单纯的欲望的满足，还是对一个小小梦想的追逐？前者在乎的是结果，会让人不自觉地跟着继续"卷"进去；后者在意的是过程，最终也许没有所谓的收获，但自己依然觉得人生值得。

人到四十，不惑之年，真该好好思考思考下半辈子的路要怎么走。

至于耳机，如今用的是一百来块钱的蓝牙耳机，只是已经很少戴着耳机听歌了。

布老虎

布老虎是民间传统的手工艺品,主要流传于陕西、山西、山东、河南四省。作为国家级的非物质文化遗产,这几年过年,布老虎也风生水起,在大街小巷流行起来。今年春节逛易俗社,街区的临时摊点几乎都摆着布老虎:老虎鞋、虎头帽、老虎摆件,等等。颜色也是五彩缤纷,从传统的黄布包裹到红蓝绿的外衣,总之都是明艳的色彩。其实平时在旅游景区,诸如各种古镇,随处可见布老虎摆在摊位货架上,并非只有过年才能觅得它的身影。只不过春节期间,人们对布老虎这种传统手工艺品的关注和喜爱甚于平日,价格高些也挡不住人们的热情。我买的这只布老虎在旅游淡季也就几十块钱,但在春节价格就飙到了近一百块钱,至于相中的那个大红色的虎头帽,则要二百多块钱。

春节时愿意买布老虎的单,实是因为它美好的寓意,尤其是在当下艰难的疫情时期。

对于虎的崇拜存在于各个民族中。彝族称男人为罗颇(公虎),称女人为罗摩(母虎),举行祭祖大典时,巫师会在葫芦瓢凸面绘一虎头。纳西族则以虎为始祖,《东巴经》卷首绘有黑虎头,祭祖也供奉黑虎头。《后汉书·南蛮西南夷列传》记载了廪君与盐神斗争并射死盐神的故事,"廪君死,魂魄世为白虎"。土家族人自认为是廪君之后。除了祖先崇拜,虎也是权力的象征。汉朝兵符即为虎符,是国家用兵的标志。手持虎符,可以调动国家兵力,权力极大,因此汉家帝王对虎符的使用相当谨慎。兵士们则被称为"虎贲"(《尚书·牧誓》)、"虎臣"(《诗经·鲁颂·泮水》)。虎,无论是被人类当作祖先来崇拜,还是被认为是权力的象征,都是因其勇猛的一面,对普通人来说,希望自己的孩子能像小老虎一样体魄强健、秉性雄武,才是最大的心愿。因之,"虎头虎脑""生龙活虎""虎虎生威""将门虎子"都是对男孩子高度的褒奖。民间崇拜虎,更有赈灾辟邪之意。"'上古之时,有神荼、郁垒昆弟二人,性能执鬼。度朔山上立桃树下,简阅百鬼,无道理,妄为人祸害,神荼与郁垒缚以苇索,执以饲虎。'是故县官常以腊除夕,饰桃人,垂苇茭，画虎于门，皆追效于前事，冀以卫凶也。"(《风俗通》)虎是门神，可以辟邪镇鬼。大概普通人家喜欢在厅堂挂一幅猛虎下山国画，便有祈望一切都"虎虎生风"、消灾避难之意。

如此说来，将布老虎列入国家级非物质文化遗产实不为过。沧海桑田，日更月替，其实这世上人能掌握的事情并不多。历史喜欢说"偶然""必然"，很多时候，偶然的打雷下雨、突如其来的一场瘟疫，都能让平静的生活瞬起波澜，改变世界的进程，影响普通人的命运。"历史（时代）的尘埃，落到每个人头上都是一座山。"在不确定的世界，唯一能确定的，只有希望了。布老虎在春节可以大卖，那实在是人们期望新的一年真的有希望，真的能够驱灾避难，得上天保佑，平安健康。人生一世，实属不易。红尘中的一粒微尘偶然落在头上，都可能是一场灭顶之灾，如果连希望都不再有，又如何能站起来，继续走完这一生？

人们只好借助如布老虎一样的物件，承载一切美好的希望。

有了希望，还有哪个冬天是过不去的坎？

你看，外面的世界已然桃李争春。

毛绒地毯

我是个不爱收拾家的人，但却喜欢地毯这玩意儿。

打扫地毯是件令人头疼的事。毛茸茸的一块毯子铺在地上，虽然让冰冷坚硬的地板一扫灰头土脸的俗气，显得温情脉脉，但这玩意儿极其招灰惹尘。北方气候干燥，四季扬尘，铺在地上没几天，一根根细毛成了尘土绝佳的容身之所，真正的"金玉其外，败絮其中"。触手温软的毛绒地毯也成了喵星人磨爪的好工具——家里其他的毛绒品都是它的违禁物，逮到了要挨打——只要指甲长了，它总会跑到地毯上死命地揉啊捏啊，直到把那张铺得好好的毯子抓得歪七扭八，才带着懒洋洋的神情缓步移开，趴到椅子上去睡大觉。更可恶的是，它竟然在如此柔软的地毯上胡乱撒尿！这猫是被全家人和朋友公认的"三好学生"，从不乱抓乱咬乱撒尿，可是就在我把第一块毛绒地毯买回来铺在地上没几周之后，它居然晚上悄悄地往这一堆绒毛上示威似的撒了几泡尿！我是在后来毯子附近的味道闻着不对劲的情况下，仔细侦查后才发现这一不轨行为的。我说过，我是个不爱收拾家的人，当年读大学，宿舍楼进门一抬头就能看到一行"一屋不扫何以扫天下"的警醒名言，触目惊心。然而对我来说，也仅仅是"触目"，"惊"不了心。当年年富力强时都没有收拾家的热情，遑论如今体力精力日下的中年？所以结果是：我把那块毯子扔了。

没多久，我按捺不住，又从同一家商场抱回来一块一模一样的毛绒地毯，铺在原地，然后对着猫指手画脚，冲它耀武扬威地威胁一番。它睁着圆溜溜的大眼睛，困惑地抬头，看着我的手在空气中来回比画。在它眼里，我就跟个傻子一样。

我是个傻人，猫却是只聪明猫。奇怪得很，这回，它除了磨爪，再没有"玷污"过这块毛乎乎的地毯。

它怕不是可怜我神经兮兮，只好委屈自己吧？

因为屋子在顶楼，开窗通一下风，新鲜空气是进来了，灰尘也趁火打劫，从细密的窗纱中钻进来。春日晴好，每天开着窗，一天下来，满屋隐秘的尘土在各种家具上现出真身。新地毯铺了几个月，落了厚厚一层肉眼可见的灰尘后，我这懒人终于看不下去，把它扔进了洗衣机：买之前特意看了一下，这块地毯可以机洗。

毯子先是被水浸湿，又在洗衣机里经历一通揉搓漂洗甩干的折腾，拿出来时，毛绒一簇簇地挤在一起，冰凉硬挺。我担心洗坏了它，后悔扔进洗衣机前又犯了老毛病——不肯仔细看说明。好在在太阳下晒了一天，水分回归空气，毯子又恢复了绒毛根根分明，摸上去柔弱无骨的软和劲儿，看了心里真欢喜。

我把毯子铺回原处，猫踱步过来闻了闻，在上面翻了个身，又走开了。这大概是验收合格的意思？

有时，我坐在毯子上，猫在我身旁打盹。阳光冲破外面的重重障碍，照进屋子，照得满堂生辉，照得身上暖暖和和。整个人被细密的绒毛托着，融进阳光里，此刻于我，世界只有我和一只猫。

我的世界只有一只猫。

我的世界只是一只猫。

红裙

七八年前,我住的地方虽然靠近主城区,但街旧路破,没有任何大型商业综合体,菜市场、小摊贩及城中村、老厂房铺满大街小巷,是这片连接城西与城北区域的人口来源和生活来源。自然而然地,城改的疾风一通猛刮,这片地方因着靠近主城,率先被迁移的迁移,拆迁的拆迁,征地的征地,盖楼的盖楼。七八年间,这里全然不见当初的破旧面貌,焕然一片新天地。

这里曾经整日徘徊的一个穿着大红色连衣裙的女人,仿佛也被推土机推掉了一样,再也不见踪影。

那女人终日穿着一件红色连衣裙,无论冬夏。冬日三九天,她便在连衣裙外穿上长棉衣。裙子似是常年不洗,一身尘垢与鲜艳的红色搅作一团,最终融成裙子破旧的底色。裙子皱皱巴巴,仿佛是这女人的头发在身上的倒影。总之，这一切构成了一个外人眼里看来最符合疯子的标准：蓬头垢面，衣衫不堪，静则呆滞、动如魅影。

她常年穿着这条红裙子，游走在菜市场和城中村的市井热闹中，鬼影一般。红色的裙子与这旧城的土灰对比如此鲜明，很难不让人注意到她。她几乎每日出没在十字路口附近。路口那时有一家泡馍馆，饭点过后，店里闲下来，店主见到这女人，会给她一些吃喝充饥果腹。她也不道谢，也不客气，端起碗来呼噜呼噜地吃光喝净，再次沉浸到自己的世界里去。店主也不多话，见她吃完，便收走碗筷。大约因为她是个安静的疯子，只是在附近梦游般走一走，在店门口或者大街上呆呆地坐着，不打扰这个她进入不了的世界，这世界的人们也就给了她比较多的宽容。

她终年着那身红裙子的形象太惹眼，实在让人很难忘记。红色，有热情、奔放、如火的暖意，也有可怖、血腥、暴力的冷意。我也曾有过一条红色连衣裙，染得通红的布料上，一只只白色仙鹤展翅欲飞，很有中国古典意味的一条裙子。中国人都喜欢红色：大红、朱红、枣红……红得热情，红得夺目，红得端庄，红得大气。每一种红都从骨子里涌出妖娆妩媚的风格。这般风骚的颜色，也只有黑色、灰色的稳重才能压得住，所以红配黑、红配灰，风骚的劲头被强压下去，流溢在人身上的，是"天然一段风骚"。穿红色连衣裙的人往往会配上深色上衣或深色鞋饰，实在不喜欢深色，也有人红配白，总之要压一压红色令人不快的攻击感。单穿一身红是非常危险的事情，搞不好会弄巧成拙。这神志不清的女人何以终年一身红裙，我很好奇，但因从未见过她的来去之处，更未见过家人领她回去，所以也不知晓她的人生经历，为何会穿着这条鲜红如血的长裙，终年徘徊于此。问及泡馍馆的店主和附近商贩，他们也不清楚。生存何其艰难，自顾不暇，罔顾他人。

周边改造之后，城中村拆掉了，大路修好了，地铁要通了，广场也有了，两个大商场立在菜市场对面，傲视菜场一众摊贩。老厂房的土地被征用后，原地矗立起绿化优美的洋房高楼，居民不再是单一的小摊小贩和村民。每天晚上，两个商场的音响闹到十点关门歇业，比赛似的，一个赛一个地闹腾。不得不说，居住环境、舒适度和便利程度确实提高了很多，方便了很多。如果现在要我搬家，我肯定不愿意挪窝，即使搬，也是会在附近选一个品质比现在上一个档次的小区。这里如今可是红红火火、势头颇望的二环内主城区，正红得耀眼，红得如旭日东升——就连我住的小区，五栋楼的墙面都从温吞吞的粉红色刷成了亮亮的橘红色，太阳一照，愈发灿烂。城中村的土地被征用后，村民陆续离开，穿着红色连衣裙的女人正是在这一拨拆迁的忙乱中不见踪影的，所以我疑心她住在附近某个城中村里。这两年城中村居民陆续回迁，不过我再没见过这女人沉迷在自己世界里的红色身影。

去年夏天，我带孩子到离家不远的球场踢球。三十五摄氏度的高温下，开车都有些晕眩，我打了个恍惚，猛然在视线右前方，看到一个赤身裸体的女人坐在大太阳底下，旁边放着一些捡拾来的废品。那神情，像几年前的红裙女子，然而又不像：整个身体臃肿如泥，堆在一副骨架上。路过的行人皆侧目而视，随即转过目光，低头继续走。一个女人，一丝不挂地坐在大街上，皮肤上附着的污垢，似乎是她唯一的衣衫，任谁见了都无比尴尬。这以后，我再经过那条路，已不见了她的踪迹。冬天，冰冷刺骨的风刮得人脸上生疼，我在寒风中又见到了她，这一次，她穿了件破旧肮脏的大衣，然而衣扣敞开，里面依然一丝不挂。这女人木木地走在行色匆忙的熙攘人群中，身上背着些破烂，光着的脚机械地往前移动。

那神情，仿佛就是几年前穿着红色连衣裙的女子。只是，她的红裙去了哪里？脱掉了红裙，她心中的红色是否也褪去了光鲜，留下的只是一堆不堪的尘缘往事？

这让人充满希望，又无比绝望的红裙。

地球仪

若说这世上最善变的物品是什么,地球仪恐怕要算一个。

地球,这颗在黑乎乎的宇宙中悬挂着的蓝色星球,硬是被生存其上的一个物种划分出边界,贴上无数标签。星球连同那些边界和标签都被印在一个圆滚滚的球面上。

烦人的是,每次这个物种打一场仗、闹一回分裂,这些边界、地名、国名就得重新修改一回。偏偏吵架干仗这种事又从没停歇过,所以地球仪只好不停地修修改改,变来变去。

所以地球仪虽然善变(这倒不怪它),但因使用价值经久不衰,便宜,所以但凡家里有学生,到了学校开设地理课的学段,家长基本上都会买个最新版本的地球仪摆在家里,以便学生随时学习那上面印满的拗口名词。

若是哪里两家打了仗,换了边界地名,地球仪的厂家就得赶紧制作最新版,紧跟时事。从这个意义上说,不仅今天的新闻是明天的历史,今天的地球仪也是明天的历史。

疫情反反复复,已有三年。三年前去了一趟武汉,当年底,武汉爆发新冠疫情。自此后,我再也没出过省,今年更是连市都没出过,活动半径越来越小。不只是我,身边熟识的人,除出差等逃不过的公事外,远游者越来越稀少,大家越来越不愿出游。疫情当下,出门哪怕只玩一个星期,要办的各种烦琐手续也越来越多,即便可以成行,途中又担心去程或返程的任何一个环节都突如其来地来一场小规模疫情,以致隔离在陌生城市的陌生酒店,心焦难挨。今年是疫情流行的第三个年头了,眼见着依然扑不灭的情势,暑假的愿望已收束成能去袁家村就行。这三年因外省出游来回太麻烦,每年便只带着孩子在离家几十公里的袁家村待几天,三年来已经形成了新的习惯——这是孩子口中的暑假仪式感,所以无论如何都要去袁家村小住几日。年初本想着暑假或可借游学之名,去外省转一趟(旅游行业为了自保,纷纷开拓学生游学或研学活动),但近期吉林、上海等地的疫情让我不得不调整计划,再度放弃出省旅游的念头。

我不断提醒自己：不是走得越远才越自由，心的宽广才是自由的底气。然而困在原地也让人着实懊恼且无可奈何。今年疫情严峻时期，我便在家里来来回回地走，一天下来，竟也能走一万多步。我和朋友开玩笑说，自己如同动物园里的黑豹子，困在笼子里出不去，只得在方寸之地来回打转。据说，动物园里的野兽，大都深受抑郁症和焦躁症的"关怀"。有吃有喝，只是不能天高海阔地任意奔跑，不好吗？

时间久了，真的不好。

郁闷中，我买回一个地球仪。如今的地球仪做工考究不说，还自带科技感。我在网上来回来去地翻看，终于下单了一款AI+AR、会发光的地球仪。收到包裹后，我连午饭都顾不上吃，急吼吼地给地球仪连上Wi-Fi，然后和它对话，看三百六十度AR全景。我对着手机屏幕，转着圈地看珠峰、金字塔、天安门、摩天轮，兴奋得跟个傻子似的。我又拨动地球仪，像读书时那样，随意选了一些拗口的地名，看看它四周有哪些地方，是近海还是身处内陆；找到时下的战争热点，看看偌大的地图上，双方小如种子的首府用一个小红圈标记出来。我也不懂为什么一个小小的地球仪，能让我最近消沉抑郁的情绪一时兴奋起来。

也许是太孤独了吧。

那是一种被隔绝的无法参与的孤独。这种孤独不是自由的孤独，而是绝望的孤独，是天地之大却无所依凭的孤独，是寂寞的孤独，是困兽的孤独。

我每天都转动一下地球仪，在这个倾斜的圆球上找到一个被人类命名的陌生的地方，念出声来，无限向往又无限惆怅地盯几秒钟，然后推开地球仪，开始如常的生活流程。

生活，是时间的影子。这颗蓝色星球在有生命之前，独自孤独地旋转了十几亿年，它的寂寞铺天盖地，混沌无界。被莎士比亚称为"宇宙的精华，万物的灵长"的人，在宇宙进化史上最后一分钟才出现，即刻就懂得了地球漫长的孤独。我们给时间赋予生活的意义，让这孤独的世界在喧哗与骚动中，瞥见它逝去的背影。所有文明所做的唯一的事，不过是记下时间的惊鸿一瞥。地球仪上的分类、命名、变更，对人类文明来说有多重要，对时间来说就多么微不足道。生活的庸常提醒我们：热闹从来只是表象，孤独才是这世界的真相。地球仪有多鲜艳美丽，地球就有多孤独寂寞。

这星球仿佛被隔绝的囚笼，我们是这囚笼里的困兽。

卢梭说，人生而自由，但无往不在枷锁中。我想，这枷锁，便是深深的、深深的孤独吧。

护手霜

年年冬天买护手霜,年年冬天用不完。

西北的冬天,冷风刺骨,吹得人头疼。那风像是要把整年的寒冷都吹进万物的身体里,深入骨髓。手是裸露在外的最先被风捕获的猎物,硬生生地迎接第一场寒潮和紧随其后的呼啸劲风。每年过冬,我都要买一管护手霜,保护最先被寒冷侵蚀入骨的双手。护手霜成了我迎接一整个漫长冬天最具仪式感的物什,抵得过随后的手套、大衣、长筒靴。

小时候,每年三九严寒最冷时,出趟门回来,双手都被冻得红彤彤的,进了屋里,围在炉边烤许久,一双手才化冻似的有了知觉,开始生疼。那些年的冬天是真的寒冷,戴手套也无济于事。所以每年最冷的时节,我妈就用"骨碌油"缓解一家人即将生冻疮的双手。"骨碌油"是个土叫法，因油体被滚作一根小木棒长短粗细的形状，用时打开包裹在油棒外面的一层薄塑料，在手上来回滚搓，浸润双手皮肤，就像在地上翻骨碌一样，所以我妈叫它"骨碌油"。长大后我才知道，我家所谓的"骨碌油"，其实就是凡士林。怪不得那么油！

因为"骨碌油"抹上后特别油腻，双手滑溜溜的，干活不太利索，所以我妈虽然会给我们买几毛钱的"骨碌油"三九天用，她自己却很少抹。我每回看到她用"骨碌油"，都是手已经冻裂了才抹上几次。

我妈爱洗洗涮涮，而且坚信洗衣机再怎么滚轴转都不如手洗得干净。冬天，水管里的自来水流出来不久就冻住了，我家的水池又在院子里，每年三九天，我爸都要提前把水管子用布裹上厚厚一层，防止水管冻爆。饶是这样，我妈依然不畏严寒，最冷的天还要不停地洗这洗那。我妈总说，可以穿得旧，不能穿得脏。所以从小到大，我们一家人从来没穿过脏衣服。

我妈的很多生活习惯我都刻意回避，似乎这样就能活出一个与她不一样的人生来。她冬天用凡士林制成的"骨碌油"护手，我现在买护手霜总是回避凡士林成分；她强调"衣服用手洗才干净"，我就可着劲儿地用洗衣机；她说女人有个安定干净的工作就可以了，别太要强，我偏想出人头地，搞得自己万分焦虑，时常懊恼……挣扎到中年才恍然大悟：我要摆脱的，是一个一生都摆脱不掉的影子。细细想来，我何曾摆脱过我妈的影响？她数九寒天里仍光着双手倔强地洗一家人衣服，与我不肯服输低头有何差别？她那套"衣服宁可旧不可脏"的唠唠叨叨，和我教训起儿子"做人不可有傲气，不可无傲骨"异曲同工。我妈那套被我视为"过了时"的道理，如今又被我不自觉地重新拾起来，灌输唠叨给她的外孙。这摆脱与回归之间，我绕了一大圈，方才晓得，人生的道理其实就那么多，试图摆脱的，最后往往变成了赖以安身立命的。这道理理了悟了，人生这书便也读懂了。既读懂，也就没什么愤懑不甘的了。

前年过年回家，看到化妆台上又放着一管"骨碌油"，但明显没有频繁用过的痕迹。我妈还是老习惯。

我如今也年年买护手霜，尽管不买凡士林成分太多的护手霜，但这个习惯已经自然而然地继承了下来。与之一同继承下来的，是年年冬天也很少抹护手霜。

碎花裙

窗外春色日渐撩人,花红柳绿,一洗萧索,人间换了清新。清明过后,虽然有几天刮了很大的沙尘,气温骤降,但冬天终究是过去了。我终于能脱下厚重的冬衣,换上轻薄的衣衫了。

春节后就一直蹲守在我关注的女装直播间,被老板周周上新明媚的春装挠得心里痒痒。但因为疫情反反复复,快递时常因有确诊病例而停发,所以总是看了又看,不敢贸然下单。错过了抢现货的时机,等预售得等到夏天去。就这样,今年错过了很多碎花裙。

碎花裙是服装款式中可以与大衣相抗衡的类别。对北方的女人来说,一件大衣能从11月穿到次年清明前后,接下来衔接大衣的,就是各式各样的碎花衣、碎花裙。各种碎花款式的衣裙能从春穿到秋,比大衣都经穿。

可偏偏碎花是让人又爱又恼的图案。

服装电商最爱设计碎花图案的衣衫。打开直播APP，网红服装商家每年春节前后就开始上新各种花色的碎花衣裙，配色从初春乍暖还寒，颜色以暖色为主，到万物明媚时清新的红、黄、绿、粉、蓝色，仿佛一整个春天的美丽只为成全一件碎花裙。在服装设计师们的眼里，把春天穿在身上还不算一个女人最美的高光时刻，一定要让每个女人穿上自己设计的衣裙后，有飘飘似仙的朦胧感，不必渡劫就能飞升成仙，才是一件碎花裙的终极任务。带着和消费者一起升仙的美好愿望，碎花裙越来越长，越来越朦胧，越来越轻薄。在这两年国风热潮的带动下，碎花裙渐渐摒弃了一味妖娆明丽的配色，莫兰迪色系搭上晕染风、油画风，面料使用价格高昂的三醋酸、真丝，七七八八的成本算下来，一条裙子弱柳扶风似的摇曳到消费者面前，随便一开口，七八百到一千多都敢要。然而主播们穿上，往镜头前一站，着实好看啊！

好在我是个比较理性的人，隔着手机屏幕，一边为了碎花裙心旌摇荡，一边努力搜寻自己不适合碎花裙的各种理由。琐琐碎碎，比如：皮肤不够白，驾驭不了；个子不够高，驾驭不了；裙子颜色太出挑，现有的鞋子统统不搭调；朦朦胧胧虽然好，但自己一副千度近视眼镜架在鼻梁，多妨碍穿上它后成仙；花色踏青春游最相宜，然而草地虫多水重，一定不能穿花裙子，搞不好还会招来一堆蜜蜂围着我团团转……主播已经换下一件衣服了，我还搦着手机，沉浸在爱不释手和不断挑刺的想象里。

真是让人又爱又恼。

其实衣橱里有几件碎花裙，是前两年碎花流行明亮配色和雪纺衣料时买的。买回来至今，一条穿了一次，一条至今未穿，一条已列入旧物回收清单。即便如此，碎花裙还是让人执迷不悟，总想着也许穿上后真的有商家所言的朦胧仙气美。而这一整个漫长的冬季结束后，所有的衣服都不如一件能把春天穿上身的碎花裙更适合迎接与冬天比肩的炎热夏日。

碎花的寿命远不如简简单单的纯色衣裙，衣柜里的裙子，穿了五年以上的，永远是简单到单调的款式。但碎花裙依然是永远有人为它买单的单品。套用一句用到俗气的名言：当我们在买碎花裙时，我们在买什么？我们为之买单的，是想要跳出平凡生活的渴望。碎花裙原只在度假时穿着，海边散步的女人，都喜欢着一身长及脚踝的碎花长裙，各种拍照。大海的想象力永远让人欲罢不能，永远让人渴望远行。现实的平凡愈侵愈深，愈来愈不得自由，如果再没有一件衣裙滋润日益干枯的想象力，生活还有什么趣儿？至少它静静地挂在衣橱里，让我可以想象无数个超越日常生活的自己。

蹲守了两三个月后，我还是下单了一件碎花裙。如果穿上真的不好看，那就挂着好了。

阳光下裙子上细闪闪的亮片，谁说不是太阳照常升起的每一天里，青草上晶莹欲滴的露珠呢？

保温杯

我从什么时候开始用保温杯，没个起始点。

它好像是几十年如一日陪伴我生活的一个物件，如同抬头不见低头见的隔壁邻居，见面了话也不会多说一句，习以为常。直到某日，夫妻俩开始搬家，我才问了一句："要搬家了？"回答也只是简单的"嗯"。

肠胃健康的时候，我习惯每天喝一小壶茶。家里茶具香炉买了好几套，用来装点喝茶那段时光的小小虚荣心。肠胃对茶叶有意见后，我改喝咖啡，茶具一应封存，没再用过，成了积沙沉土的容器。但保温杯是从何时开始日日使用的，依然寻不出线索。

有段时间，我拿奶茶店里精致的吸管杯当作正经的水杯，洗干净后，放在车里用。开车的时候，遇上红灯等待或者堵车时，吸管杯直接拿起来就喝，方便安全。这办法到冬天就不适用了。西北的冬天冷冽多风,刚烧开的水灌进杯子,几分钟以后就冷冰冰的,何况这奶茶店的水杯娇弱得也经不起开水灌烫。胃肠自从经不得茶水浇灌后,生冷食物也开不了方便大门。自此,我才日益频繁地用起保温杯来。

去年过年,因疫情影响不能出游,家人便预约了顺城巷的一家网红海鲜餐厅,算是年下的一次消遣。到得店里,已经满座,我们只好在前台排队取号,耐心等待。一看纸上的叫号,好嘛,至少得一个半小时!既来之,则安之。天气冷飕飕的,冷风直朝脖子里灌。为了让身体暖和起来,我带着家人,沿着顺城巷一路慢慢往东走。顺城巷是西安城墙下顺着城墙一路铺开的一圈窄街小巷,因此这条巷子有别于其他街巷,它首尾相接,围成了一个大圆圈。巷子里遍布人家和小店,特别是永宁门一段的顺城巷,是城市有名的文艺小店聚集地。这家餐厅正好离永宁门不远,我们便一路往永宁门走去。我背着个小包,保温杯无处可放,只好拿在手里。口渴时,我往杯盖里倒了杯水,仰头饮尽。抬头,天气阴沉,似将降雪,城墙上飞鸟无影,游人不见,颇显凄凉。这才是西北的冬天,总有边塞雄关的即视感。心里有这么一个干扰,冷不防手一滑,保温杯"哐当"一声重重地摔在地上。我赶紧收束思绪,拾起杯子,继续往前走。

顺城巷有很多文艺小店,与之比邻的德福巷更是咖啡酒吧一条街。我沿着顺城巷一路向东,越近永宁门,各种个性小店越多。天色愈发昏沉,晚上定是有一场瑞雪将至了。天空的灰叠加上城墙的灰,让这座千年古城格外沉重。好在城墙根下面的这些店铺不惧天地阴沉,灯火通明,撑起入夜的繁华。虽然疫情当下的春节不见"宝马雕车香满路",到底聊胜于无,给人有朝一日"东风夜放花千树"的盼头。

这么想着,我呷了一口保温杯里倒出来的热水。在这个冷峻的严冬里,身体终于暖和起来。

我对保温杯的记忆,大抵就缘起于这些可有可无的心绪。

拆信刀

家里的拆信刀,是南开大学的何杰老师送我的南大建校一百周年纪念品。拆信刀是不锈钢质地,全身镀了一层金黄色,外观颇似一杆鹅毛笔。刀把似鹅毛处用蓝色刻着南开大学校徽、英文名和"1919"字样。这把拆信刀装在一个蓝色礼盒里,端庄、稳重。何老师今年八十高龄,曾在拉脱维亚执教汉语多年,学生遍布五湖四海,课堂犹如一个小联合国。我与何老师相识于她的文章,十几年来却未曾有缘面见。尽管如此,我仍能从日常的线上联系中,深深地感到老一辈知识分子忧国忧民的家国情怀。何老师让我深深觉得,新中国成立之初,那么多爱国知识分子不顾生命危险,不计个人得失,义无反顾地回到这个贫弱的国家,不是传说;那些为了国家和人民牺牲小我、奋不顾身的革命烈士的故事,不是传说。家与国,是他们最高的信仰。

今年已是疫情蔓延的第三年，疲惫、焦虑也在人群中悄悄蔓延。二月底，我与何老师通话，讲起自己心中的焦虑和不安，何老师深夜发来语音安慰我，鼓励我坚强起来，这个世界还有美好的一面。"我们依然是幸运的人。"何老师说完她在拉脱维亚的一个学生的遭遇以及她年轻时的不幸后，轻声安慰我。她就是这样的老师，总能让我重拾对生活的信心，继续无畏上路。

2019年，南开大学建校一百周年，何老师特地给我寄来这把拆信刀。睹物思人，这沉重而儒雅的拆信刀，亦是我所敬重的何老师之人格。

书签

我收藏了很多书签。

说收藏,其实不符合实际:我手边的很多书签或是去博物馆参观完后,在出口处的商店购买的文化产品,或是友人赠送的小小礼物,算不得收藏。年深日久,渐渐集得多了,算是"非典型收藏"吧。

几年前曾自己做了一枚书签。秋来杏叶泛黄,一日,我偶然低头看到一片黄叶默默地躺在地上,秋日懒阳安静地照着它凋零的生命,似是最后一点安慰。我从来不曾伤春悲秋,但在这一刹那,突然于心不忍,于是弯腰拾起了黄叶。拿回家后,自觉矫情,不禁哑然失笑。但既已拾了起来,还是做点什么吧。我这人手工不好,做什么都手笨,想想,只有做书签最不为难自己。当下找出卡纸、剪刀等一应工具,捣鼓了半日,做成了一件奇奇怪怪的书签。这枚异形书签之后几年一直陪着我和我的书，不曾被扔掉。这两年读书，把它不知夹在哪本书里忘记取了，但我知道，它一直都在。

北海的朋友曾赠我一套海景风光的纸质书签，颇有特色。每一枚书签上都画着一位婉约如水的女子，身材窈窕，风姿绰约。美女们穿着的衣服由北海风景幻化而成，有的蓝如深海，有的红如三角梅，特别好看。这套书签我一直放着没有用，算是收藏了吧。去年收拾书柜，一堆书无处可放，混乱中，这套书签下落不明，不晓得是不是把它当作旧书回收了。

最近手边常用的是在碑林博物馆参观时买的一枚凤凰图样的书签。金色的镂空雕刻凤凰，站立在圆圆的签面当中，脚踩丝绦，双翅欲飞。圆形的签面下端坠着金色流苏，富贵至极。前年买回来后一直没用，懒懒地搁在抽屉里，权作纪念。这几日手边书签约好了集体逃亡似的，一个都不见，我也懒得去找，索性把这么贵气的一枚书签直接拿出来用了。书签虽多，但并非刻意收藏，于我而言，它们还是日常用物。

找不见的那几枚书签里，有一枚是去苏州旅游带回来的。好像是在拙政园附近买的。书签是金属质地，外表镀了一层银色，签头是苏州的桃花坞年画。桃花坞木版年画是吴地文化中一枝独特的艺术之花，和当地民风民俗紧密相连。桃花坞年画形成于明代中叶，清雍正、乾隆时期是其全盛期，后来传入南洋、日本和欧洲等地，日本"浮世绘"就深受它的影响。我买的这枚书签是桃花坞木版年画的代表作《一团和气》。北方民间的年画里也有类似主题和风格的作品——无论生活在天南地北，人们对美好生活的期望总是一样的。游玩拙政园那天，天气闷热无比，正是南方暑湿之天。因为体质内热，我最忍受不了这样的天气。如今园子如画的景色全然忘记，只记得当时闷热无比，又不出汗，加上游人如织，挤挤挨挨，搞得我心烦意乱。头一日的暑热入了夜倏然凉快下来，下起淅淅沥沥的小雨。次日，雨下得更大了些。雨中的江南温婉情更浓，暑气稍退，也更适宜出游。我在笼罩了满城的朦胧水汽中来到山塘街。雨越下越大，街上的游人也越来越多。我一路走着、一路看着，看不尽江南无限柔情似水的好风光。行至不远处，有人招揽游船生意。这时候，雨已经渐落渐弱，我看看画舫很大，很安全，便买票上了船。船在雨中缓缓离岸，顺着水流，一路翩然而行。我推开画舫的窗户，轻风不时携了雨滴飘进窗里，落在我的脸上、身上。那扑簌簌扎进河流怀抱里的雨滴，飘落时在水面上轻轻顿一顿自己略显沉重的身躯，荡漾起一圈轻微的涟漪。就这么看着满天雨滴如星般地洒向人间,什么都不用去想,什么都不用烦恼,这一刻,世界只有我、眼前的河流和无限广阔的天地。所谓诗意,大抵如此。耳边突然轻轻地响起苏州评弹。画舫讲解员讲解完山塘街后,在这安静的天地间再也无话可讲,便播放起评弹。船上的人本来也寥寥无几,此时更是静如禅定。世界之大,在这小小的船上,却只有评弹轻柔的女声和着从天而落的雨声,浅吟低唱。纷纷扰扰,再与我无关。

飘飘何所似,天地一沙鸥。

这是我与诗意最近的一次相遇。

回家后,从苏州带回来的这枚年画书签,成了我真正意义上的收藏。收藏了它,我便觉得自己收藏了一整个诗意的世界。

一个无思无想,只凭感觉去体味的世界。

口红

和护手霜一样，口红也是我妆盒里买得最多也剩下最多的物品。

估计大多数女人第一次真正化妆，就是从入手一支口红开始的。同一品牌单就红色系就能推出不同明亮度的口红，是最富变化的美妆产品。我记得学生时代兜里钞票不多，而眼影腮红之类的带色美妆产品搞不好又容易"翻车"，整得一张脸跟打翻了调色盘一般，难以直视，所以宿舍的女孩们都会从一支口红开始悄悄变美。等到自己化妆手法熟练了，才敢上手眼影眼线腮红高光之类的复杂化妆品。

小时候偷用我妈的化妆品，最爱用的也是口红。常常趁我妈上班不在家，抹上口红，穿着高跟鞋，在家扮港台电视剧里的都市女郎。红色实在是让人欲罢不能的颜色，透着诱惑，透着危险的气息。我一边扮演，一边竖起耳朵，留神大门口的动静，赶在我妈快下班的点儿，赶紧收拾起高跟鞋，擦掉口红，然后装作在家认真学习的样子，人模狗样地拿起课本学习。我妈下班一看女儿这么乖，欣慰且满足。

她哪里知道，我在家已经作了几个小时的妖了。

我那时候是学校合唱团成员。有一年，学校参加市里的歌唱比赛，合唱团天天放学后练唱。临近比赛，负责带队的音乐老师又要挑选演出服，又要帮学生带妆彩排，特别辛苦。我对演出服的印象特别深：白色泡泡短袖衬衣和一条黄色背带裙。背带裙中间是一竖排纽扣，可以解开，穿脱特别方便。裙子下摆做成花瓣造型，但不是夸张的花瓣，只是略微向外张开。演出服拿回来之后，我妈赞不绝口，好多年以后还一直夸赞这条裙子有多美。小孩子的心性，总是特别在意他人的评价，尤其这人如果是自己的父母亲友或老师。所以这条裙子我穿了好多年（我个子小，总不见长）。带妆彩排前，音乐老师帮我们化妆，轮到我时，老师打完粉底、上好眼妆，最后涂上口红。口红涂好后，老师让我抿一抿嘴巴，我照做。她的身子略微向后靠了靠，然后端详了一会儿，眼神里满是惊喜和满意。老师对着上了妆的我说："真漂亮！"我心里猛然一顿，继而骄傲起来。化妆的时候，我心里悄悄喜欢的男生正站在跟前看着，他也听到了老师对我说的那句话，并且认真地端详了我一阵，眼神里充满欣赏。

这个男孩子那时正喜欢我们班一位公认的美女。那女孩性格温柔，家世良好，是合唱团的女声领唱。

在所有的化妆品里，口红最具魔力。无论什么样的妆容，最后把口红一抹，画龙点睛，立马能让整个人变得神采奕奕。也许现实里真的有"眉不画而翠，唇不点而红"的天然美女，但我不是美女，所以化妆，特别是嘴唇"点红"，我特别受用。大学时自己学化妆，从一支便宜无比的口红开始入门。那阵子不知什么色系，也没有现今诸如烂番茄、胡萝卜、肉桂奶茶这么眼花缭乱的不同红色，只要不是特别挑人皮肤和气场的大红色，都入手了。忙着赶去上课时，出宿舍前抹一下口红，人顿觉精神无比，可以放心出门见人了。

如花的年纪，似水的流年，无忧的心情，人怎么会不漂亮？即使孤独，也不会憔悴。这是美丽的孤独。

可惜的是，那些年买的口红，没有一支是用到底的。

现在家里放着三支口红，车里放着一支，包里装着一支。这几支口红是几年前买的，都没用完。当时买的是同一个牌子的口红,只是颜色略有不同,用来搭配不同的衣服。如今终于搞明白了即使是红色,也有色彩明暗饱和度的区别。这几年因为疫情影响,越发不爱出门,尤其是今年,只去过离家不到半小时车程的渭河边。七七八八的化妆品早不用了——上妆麻烦,卸妆更麻烦。不出远门,只偶尔去去办公室,所以出门时上好底妆,涂个口红,端端相,气色看着不错就行。今年病毒产生新的变异后,疫情传播速度愈快,出门必须戴口罩,以防中招,这样下来,连口红也免了。

天天素面朝天,年轻时尚能看得过去,现在步入中年,细细的皱纹已经不知不觉爬上眼角、嘴角,皮肤松弛了不少;曾令我傲娇的细腰,今年惊觉粗了一圈,买裤子开始发愁尺码;头发虽然没有"白发三千丈",但几根白头发不停地拔了又长,让我"缘愁似个长"。虽然自我安慰说这是岁月的馈赠,但看着满屏胶原蛋白在眼前晃,还是没办法说服自己与时间和解。不出远门,少见人,容颜不悦他人,也好歹悦己吧。读研究生时,我把"女为悦己者容"改成"女为自己容",过了我人生中最张扬的几年。现在倒显得畏畏缩缩了。人有了挂碍,就有了担忧焦虑,活着也就束手束脚了。那日,我心血来潮,买了件很难驾驭的碎花裙,镜子里一照,裙子美极了,可总觉得少了点什么。转过来转过去，突然发现脸上气色不好，蔫蔫的，人显得很没精神。我悻悻地打算脱下裙子时，突然想起家里有一支口红的颜色跟裙子颜色特别搭调。我赶紧上好粉底，然后翻出口红，涂上，晕开，抿抿嘴，再站远些端端相。镜子里的自己仿佛病人听到有药到病除的良方一样，马上精神起来，气色也饱满了许多，生活有了盼头似的打心眼里高兴起来。我对着镜子，不知怎地就想起了那个音乐老师。于是对自己笑了一笑，在心里轻轻说了句："真漂亮！"

真漂亮。无论十岁、二十岁，还是四十岁、七十岁。如果生活是人生的底妆，那么轻盈的灵魂便是我们画龙点睛的口红。心中有了这一抹红，平淡的日子、孤独的日子、艰难的日子，都有了继续往前走的信心，不是吗？

花束

前几日在地摊上买了一束小雏菊，淡淡的紫色花瓣包裹着嫩黄的花蕊，还有几朵花紫中泛白，颜色更浅淡。拿回家，想起前两年在商场买来的一款白色竖纹素花瓶，衬这紫色小花应该很漂亮，遂兴冲冲地在家翻来找去。眼见脚下乱糟糟一片，白色花瓶却死活找不到。手边翻到的，只有两个黑色宽口花瓶、一个敞口白色瓷瓶和一个透明细高瓶。敞口瓷瓶是之前用来养碗莲的；细高的透明花瓶只能插一两枝花，这一把小雏菊憋在里面，仿佛胖子穿了XS码的衣服，实在不堪。我只好把花将就放在黑色宽口花瓶里。

大概这两年不买花了，那个白色花瓶个头高、肚子圆，太占地方，所以收在了哪个犄角旮旯里，抑或扔掉了？

前两年偶然订阅了一家网上花店的公众号。店里的花品名目繁多，一年四季都有应景的花束，包月订购还赠送花瓶。那阵子冬梅春桃夏荷秋菊，家里鲜花不断，妖妖娆娆，人见了无来由地欢喜。那会儿，每周收到一束花，未来几天都觉得云淡日晴，诗意浓浓。其实阳台上的花卉从未断过，只是比起土栽，我更中意水养。受家里环境限制，很多土培花卉没法养。花束虽然生存周期短，但每周都能收到不同的搭配花样。一大把各式各样的娇俏花朵插进花瓶里养着，摆在屋子哪儿都干净、好看。

后来，有几次收到的花大概是高温和快递延迟的缘故，拆开来的时候花朵有些蔫蔫的，花相不怎么好。我在附近几家花店问过花束价格，都比网店高出很多，如此一来，也就渐渐不买花了。

庸常的日子最磨人。这两年世事沉沉浮浮，无形中，性情也磨平了许多，如一川溪流东归大海，不愿再在路上逗留赏玩两岸风光。春来踏青，看春色蔓延，年年岁岁花相似，可是踏春之人，却是岁岁年年人不同。孔子所谓"四十不惑"，只有到了这个年纪，才体会得到"不惑"的情绪意义。而这四十的"不惑"，不同的人又有不同的感触，千差万别。说什么好呢？还是不说了吧。

辛弃疾感慨：少年不识愁滋味，爱上层楼，爱上层楼，为赋新词强说愁。而今识尽愁滋味，欲说还休，欲说还休，却道天凉好个秋！

说尽了不说的全部。

话可以不说，日子却不可以不过。多么难挨的日子，都得过下去。

小区对面的马路，成了地摊夜市的兴聚之地。记得2020年春季，城市逐步恢复生产经营后，很多人因疫情影响，生计暂时无着，加上政策放松，人们便蹬着三轮，车上载着锅碗瓢盆，开始摆摊生活。严格说来，这条路并不适合摆摊，特别是夜晚。马路临街就是一家大型商场，隔一条小巷，还有一条专卖轻奢物品的步行街。这几年每天下午五点多开始，商贩们或推车或骑车或开车，自发到这儿来摆摊。选择这里的理由也显而易见：两家商场隔街并立，人流量相当大。几年下来，这条马路虽是通行大路，但每天夜晚，特别是商场停车出入口处，人流拥挤，交通拥堵。商场只得匀出保安来维持秩序，保持停车场出入口的车辆正常进出。大概是摆摊愈演愈烈，有往夜市发展的趋势，附近小区的居民不堪其扰，投诉了几回。今年以来，虽然个别商贩还在这条路上摆摊，但大部分人都把摊位推到了商场对面的大马路上，也有人摆到不太显眼的地方。如今，商场门前只剩几个诸如推着车贩卖手机壳的商贩了。卖花的女子和她的花桶就在其中。

我是在送孩子去对面商场里的美术班学画画时看到她的。女人三十出头的样子，脚边摆了四个花桶，花桶里插着各种扎好的花束。我瞧了瞧，虽然品种不多，但也均是畅销好卖的花朵。向日葵、玫瑰、雏菊、满天星、康乃馨、百合、绣球……每一束都简单地用花纸包好、扎上。远远看去，她的地摊最不像地摊，仿佛混乱尘世间的一朵清水芙蓉，清新脱俗。花束因为是同种花朵包扎，包装也简便，所以卖价不贵。我买她的花束时，天色向晚，夕阳浅照，她穿着一件白色上衣、一条浅色牛仔裤。我问她雏菊的价格，她简单地答了句"十五"。我问了孩子想要什么颜色的雏菊后，便让她给我拿了一束紫色雏菊。

虽然这束雏菊没有如我想象的那样插进白色的花瓶，但在黑色的瓶子里，也没有影响到她的美丽。生活何尝不是如此？日子无论和想象差得多么远，都得过下去。一束花并不能带来生活的改变，但无论被装进合适的瓶子里还是不搭调的瓶子里，它一样活着，一样美丽。四十不惑，是对时间流逝的惊觉，也是对生命的重新认识。在庸常的日子里如何活下去，是人一生最大的问题。未经审视的生活是不值得过的——苏格拉底如是说。但只有人到中年，这牵涉到生命的问题才会被我们认真审视。时间是对生命最大的考验和磨砺。经过的日日夜夜，太阳照常升起，时间却一去不回。岁月是时间的化身，侵蚀生命入骨。时间的本质是庸常，只有被赋予意义，生命才不是行尸走肉的存在。越是难挨的日子，越要给庸常的生活赋予生命的意义。一束花真的不能改变生活，甚至在时间的长河里连一朵微小的浪花都翻不起，但我想我还是要无比珍惜它的存在。它让我看到了哪怕最细弱的生命，也在挣扎着努力活下去。活着，是生命用尽全部力气奋斗的意义，也是生命本身开出的最美的一朵花。不必想太多，只要努力生活，就会开出灿烂的花。

以上为人在艰难时期自勉之语。

眼镜

眼镜于我,不仅是一件物品,它早已长成我身体的一部分。

小学三年级,我的眼睛就开始近视。那时候近视的学生不多,我又常年坐在第一排,眯着眼睛能看到黑板,所以父母也不甚在意。挨到初中,坐在前排眯眼看都费力了,我爸才带我到东大街的西北眼镜行去散瞳。这一散,就是五百度。眼镜从此后就一直架在鼻梁上,摘不下来了。

西北眼镜行是当年城里规模最大、字号最老的眼镜行。医院眼科应该也可以配镜,但那时候人们的观念,认为近视不是病,不值当去医院挂号,所以如果要配眼镜,大多是去东大街上的西北眼镜行。眼镜行的业务范围也相当简单,主要就是配镜:远视、近视、散光。我最初的几副眼镜都是在西北眼镜行配的。那阵子就是单纯的近视，再没有其他麻烦。现在我还记得第一副眼镜的模样。那是一副特别厚重的眼镜，酒瓶子瓶底厚的圆形玻璃镜片，镜架是老气的琥珀色——我的瞳距特别近，所以可选的镜架实在太少。因为那时候近视的人非常少，所以眼镜都是实用品，没有过强的装饰性。不像现在，近视越来越年轻化、低龄化，眼镜变成了暴利行业，除了实用功能外，镜片越削越薄，镜架越做越漂亮，价格也越来越贵。

我架着这副老气的厚眼镜走过了一个人人生中最美的六年。十八岁那年考上大学，我妈兴奋之余问我想要什么奖励。我老实地说，想要逛一次动物园，还想要配一副隐形眼镜——高中时期的两个好朋友配了隐形眼镜，去了镜架后，人显得灵动又活泼，漂亮得跟仙女一样。我妈毫不犹豫地应允下来。

逛了动物园，坐了摩天轮，然后去配隐形眼镜。我爸依然带我去西北眼镜行配镜。几年来，我第一次摘掉厚重的框架眼镜，看到了一个清晰的世界。戴隐形镜的新鲜和随之而来的兴奋让我产生了一种以为自己不再近视的错觉。从此后，我开始抛掉框架眼镜，开启了每天戴隐形、卸隐形的美好时光。

大学四年，我几乎天天戴着隐形眼镜，对它产生了深度依赖。那几年谈恋爱、学化妆、熬夜泡网吧、逃课进山逛，隐形眼镜跟着我走完了放肆的四年。不知是摘了眼镜后带来的自信，还是年轻本身自带信心，反正我觉得那时候的自己人美，日子也美。有时候夜不归宿，忘了戴隐形眼镜盒，干脆就戴着眼镜在网吧或夜场影院睡过去了。第二天醒来，眼睛酸酸的，回到宿舍囫囵洗把脸，摘下眼镜补一觉，醒来后继续戴上。那阵子多用月抛或半年抛的隐形眼镜，日期到了，将就将就，再多用一阵子才去买一副新的换了。去时只按照旧度数再买新的，没有重新验过光，及至后来眼镜度数飙升到近一千度，还加了散光，我才慌了神。

　　我的眼睛应该是被自己生生废了武功。

　　想来真真是任何事情都要付出代价。二十啷当的那些年，虽然要恋爱、考研、找工作，但在这些人生大坎大沟上我没怎么翻过船，日子也算过得顺风顺水，衣食无忧，不愁生计。没承想绊子使在了眼睛上。戴了四年多的隐形眼镜，近视从中学一直稳定的五百度飙升到一千度，还带了上百度的散光。戴隐形眼镜前，我还能模糊看到世界的面貌，如今摘了眼镜，世界在我眼中就充满了朦胧美。眼睛近视到此，戴隐形眼镜也开始频繁出现畏光、流泪、酸疼的副作用。如今戴隐形，最多挨半天就必须摘掉，否则难受得恨不能抠出来。

隐形眼镜是戴不成了，只得又换回框架镜。现在街上的眼镜店很多，不必再大老远跑一趟西北眼镜行，这几年都是在离家不远的眼镜店换镜。每次去换镜，店员都会拿出来一摞精美的册页让我选择。册页里各种镜片让人眼花缭乱，不同镜片的功能介绍也很难让人不心动。对我这种千度近视的客户来说，店员一般都会推销较薄的镜片。镜片越薄，价格越贵。如果是进口镜片，一副眼镜配下来，那就是上万的价。我不晓得其他千度近视的人是何感想，我自己因为亏欠了眼睛太多，总有种内疚感和补偿感，所以每每换镜都会在较好的镜片册页上徘徊比对很久。上万的镜片我负担不起，所以前几年换眼镜，只在国产镜片里挑比较薄的更换。换了镜片，镜架就得跟着换，要不然不对卯。四年前那副眼镜是我至今为止换的最贵的一副：六千多一副。扫码付款时，我的心在滴血。

眼镜贵在是可变色超薄镜片。这几年夏天开车，阳光刺眼，我试着买过那种夹在近视镜上的偏光镜夹片，沉甸甸的不说，还总担心眼镜掉下来，陡然增加了开车时的焦虑。也试过戴上隐形眼镜后再戴偏光镜，可是不过半天就必须摘掉隐形眼镜，否则眼睛酸得直流眼泪，干脆连车都开不成。有一次晚上去一家较远的超市，回来的路上突然眼睛发酸，眼泪不停地往下流，实在没办法再往前开，我只得把车停到路边，打上双闪，等眼睛好一些后才敢再往前开。这回把我吓得不轻，所以隐形眼镜是断然不敢再戴了。偶然见到我读研时的朋友戴着可变色近视镜，我如获至宝，闲时赶紧去眼镜店配了一副。店员见我是高度近视，目的又直接，真是买卖送上门来了，所以一上来就给我翻到了最贵的几个镜片册页上。六千多的价格在所有可变色超薄镜片里算是中档价位，太便宜的镜片厚，镜片最薄的价格又太贵。我只得咬牙出血，心想就当掏了两副眼镜的钱吧！这配下来可不就省了一副太阳镜吗？

  没用几年，这副最贵的眼镜也不行了。镜片开始出现划痕样的变色不一的情况，而且因为不是专业的偏光镜，夏天开车时依旧没什么避光效果。我还得让鼻梁担当重负，眼镜上再架一副偏光镜片。去年，我让这副身价昂贵的变色镜退了役，还是换了普通镜片。

  从十三四岁戴上眼镜，到如今有快三十年了。除去那四年多戴隐形眼镜的短暂时期，我的眼睛从来没离开过眼镜。其间想过去做手术，可是因为高度近视，怕风险太大——前年体检，眼科的老太太不无担忧地对我说，要保护好眼睛，因为它们不仅眼压高，而且眼角膜也很薄了。老太太一番恳切的叮咛灭了我动手术的念头。这两年即使不碰隐形眼镜，眼睛用久了也觉得酸涩畏光，时有流泪，所以能不戴眼镜就不戴了。然而事多务杂，不戴眼镜的时候真是少之又少。

如果说有哪样物件是我最不愿与之如影相随的，真就是眼镜了。

想起小学三年级时，每周三下午放半天假。这半天时间里，我常常躲在家里写字台两列抽屉中间的空当处，借着阳光看书。我从中午读到傍晚，直到太阳偏西，不再光顾我这小小一隅，我依然不肯从这个角落里出来。就在那一年，我的视力开始一路下降，但我没有在意。

想起上大学时，每一个夜不归宿的日子，是这双眼睛陪着我迷失在青春的不羁日子里，哭过、笑过、闹过、熬过，又陪着我渐渐恢复如初，然而它们却再也回不到明亮清澈的时候。

想起这些年人事渐繁，心事几多，这双眼睛陪着我读稿写作，看着小孩渐渐长大到了叛逆的年龄。然而它们越来越体力不支，频繁发难。

如今，我眼镜不离身。没了眼镜，整个人立刻慌作一团。鼻梁因常年重负，已经压出两道印痕。这两道痕迹古怪地趴在鼻梁两边，成了戴眼镜的证据，也成了三十年岁月的留痕。白天涂再厚的粉底，也遮不住这两道因错失爱护眼睛机会而被时间刻下的重重的痕迹。

很多事错过了就是错过了。年轻时总想着以后还有机会，却不知有机会时已不是曾经的自己。我们或许都期望人生尽头的那个自己依然如初生般完美无瑕，但终究不过是童话。每一次抬手，每一次举步，岁月都会带走随身所有，留下时间的指纹。我错过了爱护一双明眸的每个瞬间，又何尝没有错过其他瞬间？总是等到无可挽回时才后知后觉，不知道这是我的毛病，还是所有人的通病？

二十八岁时，我妈带我去算命。算命的婆婆说，我往后没病没灾，只是要注意眼睛。我不知真假，没当真。

四十一岁时，眼睛的脆弱让我不由得想起婆婆的这句叮嘱，不知是不是已然晚矣。

无论如何，眼镜是绝对离不开我的生活了。

桌垫

床头柜上的那块黄色桌垫已经用了至少十年。

十几年前,朋友去印度留学,学成回国,为我们几个同窗带回些印度手工艺品,这块黄色桌垫便是她送我的礼物。印度是个个性鲜明的国度,服饰、手工艺品、珠宝首饰个性鲜明,色彩也鲜明。我很少见到印度的物件颜色暗淡,远远望去,都是亮闪闪、鲜艳艳的。朋友送我的这块桌垫正正方方,金灿灿的底布上,编织了红的黄的紫的亮丝,编好的亮丝再用黄线划分成九个四方小块。小方块内铺上不同颜色的布,再以亮线或亮片绣成不同的图案点缀其上。桌垫上的九个小方块是间错开来的,所以其他小格子内依然是亮丝底布。几块填充进九个格子内的底布,蓝色黄色红色黑色褐色都有,图案也是大小不一、随心所欲,有一块蓝色底布铺得都超过方块界线了,把旁边的小格子都侵占了一半的面积。桌垫背面由两块明亮的金黄色布料拼接而成，中间留出一条缝隙，似乎可以用来装东西，不过我没试过。总之，这块桌垫远看极为花哨，近看做工稍显粗糙。这才是货真价实的印度手工艺品，没有机器缝纫的纯手工制作。

这块桌垫的花色样式太俏丽，铺在哪里都喧宾夺主，我只得把它铺在床头柜上，不至于太惹眼。这一铺，就铺了十来年。

其间有想过换一块垫子。这块桌垫实在太显眼，与周围家具皆不协调。加之年深日久，手工本就粗糙，慢慢地，亮丝亮片开始剥落，棉线布料也渐渐脱线。然而每次拿到手上，又还是轻轻铺回了原处——是对这远道而来的一块布料的珍惜，也是对朋友情谊的珍惜。

这两三年朋友间见面愈发少。偶然在微信里问及近况，或忙于工作，或困于家庭，有好几次说要面聊，却再无下文。今年年初与一朋友语音通话，其时心情低落，苦于无人可诉，真有如曹雪芹笔下的薛宝钗：一时多少不快齐涌心头。朋友安慰许久，见我状态颇差，急欲第二天见面宽慰，又恰逢周末学校开学报到，她不得离开，只好隔着手机屏幕劝解许久。二月份时，与另一在报社上班的朋友通话，说有时间约出来见面聊，这一说，又是几个月过去了。前几天五一假期，她发来信息，我又因假期诸事安排妥当，不得脱身，只好作罢。这一错失，就不知何年月能再约了。

送桌垫的朋友是我见过的最自律的人。她是妥妥的学霸，保送读研，后又考入名校攻读博士。几个同窗中，也只有她继续深造，留学国外。这几年见面极少，今年因疫情，还是不得见面，我们便在群里视频聊了一下午。言谈中，她的工作也颇不顺心。她倒比我有勇气，敢于据理力争工作上的不公，听说最终还是失败了，只得别人安慰一句"调整好心态"。

仔细想来，岁月的磨砺才真正开始。"人生不如意事，十之八九"，年轻时以为所谓磨砺，就是"苦其心志，饿其体肤"，不把人折磨得体无完肤，就不叫磨砺。如今才恍然，所谓磨砺，是平庸日子里的点滴锻炼，忍得住看岁月碌碌无为地倏忽而过，认得清自己不过尘世间一小小草芥，熬得了机遇一次次从眼前溜走，放得下功名事业的聒噪烦缠，最终向自己妥协，向时间妥协，向世界妥协。这道理，庄子讲了，陶渊明做了，苏轼悟了，然而于自己，总要体验经历人生的跌打攀爬，才能幡然醒悟。

我终究没有舍得扔掉朋友送的这块桌垫。不单是因为它跨越万里才到我手中，也不单因它是朋友送的所以格外怜惜，只是每次拿起它时，总让我怀念十几年前大家伙散发弄扁舟的意气。如今上面一针针粗糙的缝制手艺和脱落的线头、褪色的亮丝全然不见当初的华贵气象，然一针一线尚能坚持不断，丝丝维持。日常亦如是。这才是世上一切的真相：平凡普通的日子丝缕细水，长流不懈，汇成生活之河，奔流到海不复回。

这是时间的残忍，亦是时间的坚韧。

染发剂

我很少染发,然而却喜欢留心染发膏、染发剂,有时候能在购物网站上翻一天染发剂店铺,就为了浏览浏览自己永远不会尝试的发色。

我染过的最具挑战性的颜色是酒红色。2000年左右,有一段时间流行红色系发色,我在常去的那家理发店看了色卡,选了一款并不怎么夸张的发色。谁知染出来后并不是低调的棕红色,反而顶了一头红葡萄酒。自从搬到南关正街后,我家的三个女人就一直在四民巷里这家小店面剪头发,跟老板极熟。理发店是一个二十来岁的姑娘开的,洗、剪、吹、染、烫全是她一个人忙活,非常辛苦。因为每次都去她家剪头发,熟门熟路,从不抬头看店名,所以已经忘了她的店是何名称。我妈特别喜欢姑娘能言善道的口才和朴实的为人,甚至几次三番给她介绍对象。除了能言善道，老板也特别能干，手底下出活儿，麻利。渐渐地，姑娘的理发店在四民巷附近小有名气，周边居民都很喜欢她的剪发手艺，爱找她收拾三千烦恼丝。我上大学后，臭美起来，看到漂亮的女同学纷纷化妆染发烫头，自己也跃跃欲试。年轻，有资本捯饬。我第一次染发，就选择了常来的这家小店面。结果出来后像个红酒缸。失望之余埋怨自己没有染发经验：老板虽然剪发手艺了得，但常来常往这家理发店的大多是中老年人和儿童，很少有顾客染发，即便染发，也多是老年人将白发染黑，操作容易，颜色也好把控。虽然染砸了，但我也不好说什么，又担心频繁染发影响健康，那段时间真是硬着头皮出门。有一次上专业课，课后班上一个男同学走过来和我聊文学，我一想到头上的"葡萄酒"和额前两道黑眉毛极不协调，恨不能当场就把眉毛也染红。那天发挥失常，现在想来还懊恼呢！

这次之后有了经验，后来再去染发或者烫发，直奔大店面去。理发连锁店店员基本都是男人，且喜欢聒噪，明明我不爱说话，但"Tony老师"非要在耳边问长问短，拉拉家常，搞得我很有心理压力，所以那几年不怎么频繁染发，倒不是害怕有损健康，而是被理发师喋喋不休的唠叨劝退了。后来去烫发，发现理发师不怎么劝人办会员卡了，如果顾客喜欢安静，他们就体贴地递过来杂志，偶尔再帮忙续续茶水，耳边清净了许多。

现在很少染发，更多了健康因素的考虑。"Tony老师"不烦人了，我却自寻烦恼起来。近年身体频频发难，不得安宁。2018年患了一场肺炎，彼时拖着咳嗽不愿意去检查，实在拖不过去了，才不情愿地去了医院。一检查，肺炎。大夫问我发不发烧，我说不烧，就只是咳嗽。她对着胸片看了半天，说是肺炎没问题，但不清楚原因。我当时一个激灵：不明原因？"非典"？医生没再说什么，只让我再去做CT。CT出来后，要安排住院，我不愿意——总觉得能住院的病是大病，宁愿多花钱也不愿意住在医院。医生便给我开了十天吊瓶，每天到门诊挂针。跑了十天医院，吃了半个月抗生素，又复诊三次，不明原因肺炎算是好了。但这之后我的身体便大不如前，这两年每年春秋两季呼吸道要么支气管炎要么咽喉炎。每每咳嗽一犯，我整个人都不好了，整夜思来想去安睡不了，就怕又碰上不明原因的病。去年胃又不舒服，一圈胃镜加幽门螺杆菌检查下来，非萎缩性胃炎伴糜烂。又是半个来月吃药的日子。胃炎刚缓解，七月份体检，甲状腺老毛病依旧，只得拿了体检单去医院复查，继续吃药。甲状腺疾病基本是终身服药，还要定期复查，增减药量，因此这两年竟是医院跑不停。如此一来，染发烫发时要将化学制剂往头上抹，更要慎之又慎，所以这几年竟不大去找"Tony老师"了，又重回家门口的小理发店，只剪头发而已。

如今老去理发的这家店叫"巧克力造型"，老板是个小伙子，老老实实的样子。我很少和理发师聊天，在这里剪了几年头发，也只问过一次他的情况。小伙子三十来岁，家在咸阳。他学了理发手艺后，在南方某市当过一阵子学徒，很快回来，继而在这里找了个门面，自己做了老板。他说在连锁理发店干很辛苦，而且要熬很久才能做到主理——也就是江湖传言的"Tony老师"的地位，晋升之路实属不易。小伙子一跺脚，离开了大城市霓虹灯的妖魅诱惑，回来离老家不远的城市开店，自挣自吃，还不受人气。"自由！"他笑着对我说。我没再往下问。

我在小伙子这里烫过一次头发，效果一言难尽，他建议我隔段时间等头发养好再染个色更好看，我没听他的。不过他劝我染发，也实在勾起了我的爱美之心。

我便在购物网站搜索染发剂。这一两年白发频繁长出，拔不尽的发丝如同去了又来的烦恼，日夜侵扰。青丝泛白，令人惆怅，却不知为何惆怅，好像为了所有事，又好像不为所有事。搜索一圈，发现好多染发膏自己操作比较麻烦，想着本为消减烦恼，反而徒添烦恼，便几次作罢。去冬看着丝丝白发间杂在青丝里，不觉心动，又生了染发之心。打开手机购物软件一搜，竟有染发梳这种新玩意儿。视频里的美女打开机关，压一下梳子上的按钮，染发剂自动混合，从梳子的缝隙间挤出来。梳上染发剂，少则二十分钟，多则四十分钟，再洗去染发剂，头发就染成了。商家号称染发剂是纯植物成分，安全。我也不打算较真考究真假，反正能掩耳盗铃遮白发，何乐不为？我在店铺里停留了一个上午，翻完了所有使用后评论，又逐个打开买家视频、图片，仔细对比，才选了巧克力色下单。

染发梳果然十分省心，买回来三下五除二上好色，等着半个小时后洗头。染好后，往镜子前一站，发色没什么变化嘛！再打开灯一照，果然是浓浓的巧克力色。这下总算好了，自己动手，丰衣足食，还不踩雷。拨拉开发丝细细察看，白发也无踪无影，心情一下好起来。

常说"相由心生"，有时候倒觉得心也由相变呢！

今年开春，我又买了栗棕色的染发剂，把头发往浅染了一遍。可惜"假作真时真亦假"，前几天天热，将头发中间扎了一股，其余披着，被朋友发现几根白丝杂在棕色头发间，颇为醒目。这两日我又开始没事扒开头发，在细软的棕发中寻找那几根已然泛白的发丝。

若如李白所言"白发三千丈，缘愁似个长"，便是染发也无济于事。辛弃疾感叹人生"不如意事，十常八九"，烦恼日生夜长，无消无停，一丝一缕染白头。这两三年，头上白发拨拨长长，如烦事磨人，欲不惦记又恐错漏。烦心青丝知，也难怪伍子胥会一夜白发，诗人们爱用"发"的意象，出家人更是要"剃去三千烦恼丝"。密匝的青丝与年龄同长同衰，磨不过世事无常，不能够"散发弄扁舟"，只好剪个清清爽爽的短发，暂时忘记丝长的烦恼，所以我少留长发。每当头发长过脖颈，立刻跑去理发店剪掉。染发，虽是自欺欺人之举，但能暂时忘却悄悄爬上来的白发，忘一日是一日，也能磨过漫漫无边的岁月。或许待年长日深，自能醒悟满头华发的从容豁达，不再对琐事忧心伤思。

这样的觉悟急不得，是时间一日一日细细流过生命才能悟得到的。学，怕是学不来。

如此，还是用染发剂暂且掩饰这三千烦恼丝吧。

指甲油

梳妆盒里除了口红,最多的要数指甲油了。

除去不喜欢扔了的和过期的,现在至少放着十管指甲油。比起口红的单一色系,指甲油可谓颜色妖娆。我算是比较保守者,但指甲油的颜色也是花红柳绿。单是红色指甲油,从妖艳的正红色到浪漫的樱花粉,中间还有橘色、奶茶色、肉色等。蓝色有天蓝色、宝蓝色、雾霾蓝,还有时下流行的克莱因蓝。此外还买了透明色里掺着花瓣形亮片的指甲油,涂上后是闪亮亮的灰紫色。好些指甲油只买回来趁着新鲜涂了一两次,或者单独搭配衣服时涂,所以大多还是满满的。

涂口红能让人眼前一亮,提精气神;涂指甲油与此异曲同工。

前些年买指甲油多选淡淡的红色、粉色,甚至透明色,思维定式之故,总觉得不正经的人才把指甲涂得妖妖娆娆，让见者移不开眼。然而私下里也羡慕那些女孩子不顾他人眼光和评价的举止态度，深恨自己从小乖到大，不曾离经叛道过。有一次饭局，席间有一经常看相问卜的"大师"在座，朋友便热情邀"大师"也给我看看相、卜卜前途。略略看过后，他只说了句"你如果能抛掉身上那些传统东西的影响，就可以……"便没再说下去。我从来不将所谓看相问卜之事视作要紧，这"大师"一坐下来，我便觉得大概率是骗子无疑。但是他说的那句话却直戳中我的要害，被酒灌得晕晕然的我一时间眼泪竟夺眶而出。戳中我的不是"大师"的神机妙算，而是他那"抛掉传统东西的影响"的论断。这人果然阅人无数，几句言谈就可以把一个人看得通通透透。我哭得不能自已，只得提前离席，朋友担心我路上出事，一路送我回家。

我在稳定的单位里一直做着稳定的工作，然后稳定地结婚，稳定地生孩子，稳定地过日子。对这种生活若有半句抱怨，别说他人觉得矫情，就是自己，也觉得是无事生非。然而心下确有隐隐的不甘现状之叹，时常郁结烦恼。几十年如磨蚁度日，所遇抉择之际，扪心反思，往往皆从现实处境和名利得失上考虑前路，从心所愿的选择少之又少。但若当时遵从内心所选，前路也未必比现在的处境更好。对未来最大的恐惧就是不确定当下的选择是否可得前途光明无碍。我从来胆小，没有冒险精神，注定不是不凡之人，所以每遇抉择之机，所选道路皆是人人踏平了的平坦大道，明知没有无限风光在险峰，只求一路无惊无险。

我算是真正来这世上了吗？我不愿意说出自己内心的答案。

只好在这些吃穿用度上花心思、玩花样。在脸上、手上、身上捣鼓来捣鼓去，试图以卓异他人的穿衣打扮方式，获得一种实际存在的物质证明。终不过是"事如芳草春常在，人似浮云影不留"。

但我还是热衷于买口红，买衣裙，买指甲油。越是日常超越不了的生活，越想用鲜艳的衣裙和缤纷的化妆品超越。是想超越平凡的生活，也是想超越平凡的自己。人生天地间，何似一沙鸥。伟大是一个人的伟大，渺小是所有人的渺小。人生一世，草木一秋，光阴何其短！到底为何而来，说不清纷纷扰扰、是是非非。大抵敏感之人的所有"意难平"，皆从时光易逝人生苦短的感叹而起，而看清平凡如我，超越不过时间的洪流，只能被其裹挟而下，多么让人灰心丧气又不甘。所有对物的执着，只是这灰心之余的徒然自救而已。

也正是物的色相，让我可以对抗时间的无情，在这苍茫天地间，觅得一隅，拒绝万事皆空的悲伤，为生命赋得存在的痕迹。

门帘

现在大概挂门帘的人家很少了吧？

防盗门"啪"地一关，贼进门都费时费力；家里无论几室几厅，不过是笼子里隔出单元来，真正要讲究隐私极难；屋子里无论几扇门，为着通风也得开着，挂上门帘反而耽误了清风入户，多此一举。其实网上售卖门帘的很多，款式也都时尚新颖，不过总是屋子宽敞有院子的人家买去挂着最适宜。

儿时去姥爷家探亲，他家院子虽不甚宽敞，但也是关中四合院的格局。从大路的高坡（这里应属乐游原）一路下来，走不远就到了大门口。两扇黑油漆门常年开着，只在晚上关门闭户。户门里住着姥爷弟兄两户人家。姥爷的兄弟住在后面的院落。经过一段幽深的门道，然后向左一拐，就到了后面院落。后院也是四合院格局，但我从来没有去过。听说弟兄俩不睦多年，所以我们这一支甚少与后院的人交往。姥爷一家住在前院，不用经过门道，直接进门往左走就是一个长方形过道，沿着过道向右一拐，两旁厢房夹着长条院子，当中就是正房了。过道的地方也被姥爷充分利用起来，辟出一小处作厕所，一小处作工坊。姥爷原是磨豆腐出身，一家老小的生计全靠种地、磨豆腐维持，因此家里必须得有个豆腐坊。我只进过几次这间豆腐坊，因此记不大清内里乾坤了，只记得四方的天地里砌有灶台，余者皆忘。院子铺着砖头，即使下大雨，路都不会湿滑。西厢盖有两间房，一间是表哥的卧房，挂着门帘，一间租给了房客；东厢一溜只开了一间房，作厨房之用。厨房里楼梯向下处还有个小储藏间。厨房进门右手边砌着灶台，做大锅饭。人坐在灶台边拉风箱，手边就是柴火。厨房光线不太好，尤其是储藏间，在楼梯下面，更是暗无天日。姥爷和姥姥命中无儿，虽有一男孩，却因病夭折，所以一辈子只有我母亲姊妹四人相伴。没有男丁养老守业，二老便自作主张，将彼时正读高中的大姨从学堂拉出来，托人介绍对象，招了上门女婿，并留夫妻二人持家送终。大姨本指望读书跳出农门，但时运不济，她又自来是顺从的性格，所以这辈子再也没有如其他妹妹一样，有机会走出这个院子。姥爷是个俭省惯了的人，大姨虽然持家，但也不敢悖逆一星半点，加之生活不顺遂，她也逐渐养成了悭吝的习性，所以厨房里随时去随时都是昏天暗日，一如大姨那始终没有些许温暖阳光照进心里的一生。

厨房虽然在院子里，但常进常出的房子也不会挂门帘。

正房坐北朝南，两扇大门非得等掀起门帘才能看到。门宽，门帘自然也宽。一年四季，除夏季挂竹编的门帘外，其余时间一律挂加棉门帘。三九严寒天，姥爷还要给门帘底部续上"脚套"，防止冷风从门帘下钻进屋里。正房一进去，两边的耳房，东边是姥姥姥爷的住处，西边给了大姨夫妻俩。两间耳房都挂有门帘，大姨的房间人在家也总是门关着，门帘再一遮，总给人神秘不可侵犯的感觉。所以我极少去西边耳房，每回住姥姥家，总在东边耳房玩耍。

院子紧挨着厨房的就是楼梯，楼梯一、二层转角处有一拱门，从拱门进去，往下看，就是通往后院的那条幽暗深长的门道。我小时候特别喜欢这个拱门和进去的窄道，那会儿看电视剧《红楼梦》，被大观园的景色吸引得想入非非，然而我家在市里，根本没有这样的大院落，只有在姥爷家才能将想象中的园子和电视镜头里的园子合并一处，乐不思蜀。楼梯拐角的拱门是整个院子里最有古典气质的一处了，因此我便以它为点，把这整个院子当成大观园，在二楼上演我心里的红楼一梦。二楼一排都是房间，有单间，有套间。估计后来因我妈她们姊妹几个陆陆续续出嫁离开，所以房子都空了下来，姥爷一家就把空余的房间都对外出租了。经过这一排房子，走到与楼梯拐角相对处，还是一扇拱门，绕过拱门，左手边是一个大平台——其实就是一楼一排西厢房的房顶。六月天，天气晴好时，总能见到姥爷在二楼平台上晒麦子，秋天则是晒苞谷。房顶靠近街道一溜养着几只鸡，每日逍遥自在地在这里踱着步，晒着太阳，享受鸡生。

楼上楼下这么多房间，有的挂着门帘，有的没挂门帘。仿佛心照不宣似的，哪间屋子如果挂着门帘，人就不会擅自掀帘直入。我每年夏天都要在姥爷家住两个星期，无师自通地懂得了这个道理，所以大姨的房间、表哥的房间和二楼几间挂门帘的屋子，即使开着门，我也从不进去玩耍。只有姥姥姥爷的这间屋子我可以自由进出，因我回来这里总是和姥姥睡在一处，所以不见外。那时懵懂，现在想来，即便是姥爷这种平常不起眼的人家，也有礼数人伦浸润其中，影响着人与人之间的距离、关系和交往常情。譬如于我是住在姥爷家，而于这一家子的人来说，既招赘了女婿，便是以大姨夫妻为本位运转的，我是客居，自然不应该随意出入主家屋子，特别是主人还挂了门帘，掩着门。好在虽然没人讲这些道理，我还算识趣明理的孩子，没有擅自进过大姨的屋子。

2005年左右，城市大规模扩张，北池头村就在大雁塔脚下，自然是第一批急需拆迁的村子。十几年过去了，原来落后的村落已被繁华的仿唐街区替代，商铺林立，车水马龙，每年接待游客数以亿计。我常笑与人说，小时候在那片土地上看人割麦子，免费，如今来这里随便一逛，小一千块就没了。姥爷1995年去世，姥姥2005年去世。两位老人去世时，院子还没有拆迁。能躺在老房子安然逝去，且能有亲眷村人邻友的送行，完成人生最后这场庄严隆重的葬礼仪式，我觉得两位老人九泉之下一定非常宽慰。姥姥出殡时，村子里很多人都来参加葬礼，送姥姥最后一程。我妈说，盖棺论定，姥姥生前为人善良宽厚，死后才能得到村里人相送，可见人还是要修德积善。这是我们普通人最朴素的三观，随着葬礼的简化、弱化，不知在我这一代人身上，还能积攒多少留给后代。

院子正房的门帘，我每回去的时候，无论冬夏，总是从右边掀起。院子拆迁前，姥姥家一直养看家狗。狗大多时候是放养的，拴住时，一般拴在离大门口近的过道处，只有知道我要去了，姥姥才会叫人把狗拴在正房门帘旁边，为着我怕狗，不敢进大门。狗总是拴在门帘左边，所以我向来只从右手边掀门帘进正房。大年初二我待一天,可怜的狗就得被拴整整一天;暑假住两个星期,狗只有在黄昏后才得自由,而且不能掀帘子进正房里来。那些年,这些看门狗要怨恨死我了吧?

它们终究是狗,不晓得门帘也是不能随便掀的呢。

帆布包

这几年流行极简风、中国风，帆布背包顺势从小众文艺青年的圈子走出来，奔向流行前沿的广阔天地，无处不在。

我工作后几乎没有买过帆布包，盖因平时的着装搭配布包很不协调。我一直对穿衣有近乎苛刻的执念，如若搭配上不协调的背包鞋子，一整天都会如坐针毡，没法集中精神。家里现有的几个帆布包多是买书附赠或朋友相赠的，唯一买的一个帆布包，是三年前逛西影博物馆时，心血来潮，在出口处的文创店里买的《大话西游》主题的一款米色帆布包。这些包被我拿回来后，大多再也没有重见天日的机会，只能静静地躺在衣柜抽屉里，被一堆层层叠叠的衣物压在最底下。

阳台上放着的一个帆布包里，装满了孩子杂七杂八的玩意儿。这是他整理玩具时随手薅过来的包。这个帆布包的容量比其他几个都大，设计也下了番心思。它是友人赠我的人民文学出版社出版的《汪曾祺全集》的赠品，原色的布料上，双面都墨印了图文。正面是汪曾祺《南人不解食蒜图》，其位置稍靠包的下方；反面是黑体"汪曾祺全集"五字，在背包上方正中两列竖排，字后盖有"人民文学出版社"红色印章。整体看上去，这个帆布包简洁至极又透着浓浓的文学气息，无论从质量还是设计上，都不输大牌。

车的后备厢里放着的一个帆布包，也是朋友送我的。那年，朋友所在的高校校庆，设计了数款纪念品，其中就有这个帆布包。寒假小聚时，她送给我们几个朋友一人一个帆布包，包内装有一幅裱好了的中国画、新年日历牌及一些精巧的手办。这些年中国风流行，朋友彼时在其大学博物馆工作，负责操办馆内各项沉冗杂事和对外展览事项。这工作也颇合她的品性与专业，所以那几年博物馆除举办与校史相关的展览外，还在她的策划下举办了不少书画展、文学展。她引导学生将传统文化与现代设计结合起来，创作了不少新鲜有趣又雅致文艺的文创产品。这帆布包虽只是用来装礼物的袋子，但制作十分精良。因校庆之故，包上的文字很简洁，不过是校名和校徽装点其上。朋友后来对我们说,在校博物馆工作的那段时间是她最愉快的一段日子,即使那阵子工作繁忙凌乱,但一想到所做皆能如所愿,所想皆能落地实现,无论多忙多累,她也心甘情愿领受所苦所劳。帆布包送给我后,我将其中的秦岭山水日历摆在书桌上,每日练字时抬头即可望见数峰青山;竖条幅的中国画挂在床头,日日"耳鬓厮磨";精巧的手办送给孩子,希望他也能沾沾文气,得其精华。

抽屉里压着两个帆布包,一个是孩子亲自扎染制作的。三年多疫情,带孩子全国游的脚步止于2019年暑假的武汉之行。这三年不是没想过出省游,然而寒假短暂,暑假又有种种缘由不得出去。譬如2020年本打算7月底去张家界游玩,一场演出彻底打消了我们去张家界的计划。欲改去南京,结果还没来得及买票,继张家界后,南京禄口机场就暴发疫情,并蔓延至扬州、杭州等地,这下彻底搅黄了暑期安排。与其他家长闲聊起突如其来的变更,才发现孩子们大多在7月上完林林总总的各种培训班,都憋着劲儿要在8月释放,疫情的暴发不仅搅乱了大人的计划,也搅黄了孩子们梦寐以求的暑假乐游。这种种无奈只好自己消化——总不能埋怨老天爷吧?我们只好带孩子在原本计划出游的那个星期,游览了市内几处风光。在一家农场里,孩子亲手制作了一个扎染帆布包。制作帆布包是农场套票包含的活动之一，如果没找到制作地点，我大概率也不会专门去找。可巧在池塘捞鱼的游玩项目旁边就是扎染体验，孩子们可以利用帆布包学习扎染技法。其实不过是蜻蜓点水式的体验而已，植物捣成的蓝色染料早都灌满大缸，等着体验者用皮筋扎好帆布包，然后缓缓浸入缸内，只略略浸染几秒，迅速取出，就可以在米色的布料上染上蓝色染料。蓝色的深浅视浸染时间而定。教扎染的姑娘说，除非打算把一整块布料都染成蓝色，否则切忌帆布包全部入缸浸泡，浸泡时间也不宜过长，这样才能在包上染出青山薄雾的朦胧意境。她拿出自己染好的成品给我看。米色的底布上，晕染出蓝色的花朵和远处的悠悠黛青，十分美好。她说，要染花朵的样子，需要拿皮筋松松地扎出花朵的形状，然后浸在染缸里染色，两三秒后取出，在太阳底下晒干固色即可。不过扎花朵甚或更复杂的图案对体验者来说比较难以掌握，所以她一般建议孩子们只在帆布包提手处或包的底部略微束一束，就可以浸入染缸了。一般来说，这样扎后染出的效果会呈现出起伏不平的山峦或山地之状，也很美。男孩子总是手脚粗，心思也不细腻，在大姐姐的引导下扎好帆布包后，他风风火火地跑到染缸前，伸胳膊就往里面浸。幸亏扎染的姑娘眼疾手快，连忙上前拦住，并手把手带着他投下帆布包。染料还是拗不过急性子,有一些越过皮筋,染蓝了手提的两根带子。我看到扎染的姑娘眼底掠过一丝可惜,然而也没有说什么。大概所有来这里体验的男孩子都是这样的性情吧。孩子吵着要去别处玩,姑娘说,没事,现在就只在太阳下晒约莫一个小时,干了后染料就能固色,再过来取就可以了。大概一个小时后,我过去拿包,还未干透,又等了十来分钟,姑娘从晾衣绳上取下帆布包,递给我,说,虽然染过了一点,但是也挺好看的。我仔细瞅了瞅,也觉得淡淡的蓝色很清爽、很好看。

至于《大话西游》的帆布包,我买回来后几次试图背出去,无奈主题太过鲜明,只拿它装过一两次平板电脑也就作罢了。还有朋友寄来的日本时尚杂志附赠有一款帆布包,倒是十分时髦,而且是双层,特别能装,我一度天天背着,现今也躺在衣柜里。余者如孩子学校活动送给每个学生的一个印有学校教育理念的帆布包,买衣服时商家送的一个品牌logo帆布包,等等,不一而足。

算下来,原来我竟有这么多帆布包!可惜我俗,总是领会不到帆布的文艺范儿。它们无论做成什么样式,到了我眼里手里,终究只能躺在柜子里。

看来,文艺范儿真不好学呢。

臭豆腐和烤面筋

我对臭豆腐态度的改变是突如其来且迅猛的。

我有一个闺密极爱吃臭豆腐,她曾试图劝我哪怕尝一口这臭烘烘的炸黑了的豆腐的滋味,"骗"我说特别好吃,吃一口绝对就忘不了。我厌恶地摇摇头,掩口躲开。她无奈地叹口气,然后在我面前继续大快朵颐。

突然强烈爱上这块小小的臭豆腐,是在绍兴。

那年去苏杭一带玩,在绍兴老街一家极不起眼的小饭馆里吃午饭,菜单上有臭豆腐。因不喜臭豆腐,也没有过多了解,只见街头小摊挂的都是"湖南长沙臭豆腐",便自以为是地认为此物仅为湖南特产。苏杭一带的饮食大多口味清淡,而我所见的臭豆腐以"臭""辣"出名,这家小小的餐馆居然有臭豆腐,我一时好奇便点了。一盘炸得焦黄的臭豆腐端上来,我心里微微惊讶——我一直以为臭豆腐只有黑乎乎一种颜色。跟这盘臭豆腐一同端上来的，还有一些小碟干辣面。有辣子就好办了。我夹起一块，蘸了蘸辣面，尝了一小口，然后就被它彻底征服了。

我对臭豆腐竟有了相见恨晚的感觉，后悔自己一直为名所累，单单为一个"臭"字，就断然拒绝了美味。可见这世上有多少是为名所累而被误解的事与人。绍兴之后，回到杭州，我又在其他餐厅点了几次臭豆腐，每次都吃得精光。回到家，我又跑到杭州一家餐厅在西北开的连锁店，专门点了臭豆腐。那段时间，我对黄嫩嫩的臭豆腐着了魔似的，仿佛那干焦的外衣下包裹的嫩白的豆腐是珍馐琼浆，只觉得王母娘娘的蟠桃也不过如此。继绍兴臭豆腐之后，我开始吃湖南的臭豆腐。街边小摊和夜市的臭豆腐，摊位上都用红色字体写着大大的"湖南长沙"字样。比之浙江臭豆腐，湖南臭豆腐的调料重，更讨我的喜欢。大街小巷所见的臭豆腐，皆是炸成黑黑的豆腐块，盛入碗中，再舀一层厚厚的辣酱，每块豆腐都浸在浓香四溢的辣酱里，用细竹签挑起一块，放入口中，焦黑的皮脆脆的，不柴，内里白白的豆腐被辣酱完全包裹，"臭"和"辣"的滋味混在嘴里，奇特诡异，让人欲罢不能，即使被辣得满头大汗、鼻涕吸溜也不想耽搁一秒，丢了魂儿似的一块接一块往嘴里塞。一碗臭豆腐吃进肚子里，仿佛所有

"臭"的"辣"的烦恼不快难堪尴尬也被酣畅淋漓地干掉了，人生又快乐起来。

和臭豆腐并立于夜市的许多烧烤炸涮中，烤面筋可算得上是街霸级别的市井小吃了。

夜市的食物似乎铆足了劲儿要把人们憋了一天的郁闷烦忧通通释放出来似的，大多油多辣重，味道浓郁。通过食物释放压力倒也不是毫无道理的信口胡说。人们有着不同的家庭背景、不同的性格脾气、不同的生长环境、不同的教育学历、不同的生活压力，甚至仅仅因性别不同，寻求压力释放的途径也不相同。比如男人累了烦了爱抽烟，女人气了闷了爱逛街。唯独食物，无论男女老少，喜怒哀乐的情感都可寄于口腹之欲。夜市与夜市中的食物，更是传递着市井百态，以及情感的波澜起伏。无所事事地忙碌了一天的人们，在夜晚卸下面具，聚合到夜市的烧烤摊、串串摊前，流连在臭豆腐、烤面筋的油炸香气里，管他什么健康不健康，吃了这顿再说。因此，炸串烧烤和啤酒最得人心。

烧烤串串总得吆三喝四、同吃同喝才带劲，一个人吃，差点意思。我有次在海底捞见一个女生点了一桌子涮菜，一个人吃，边吃边哭。一个有故事的人一个人吃火锅，多么伤人心的故事也总觉发泄不完。火锅、烧烤是属于"所有人的孤独"的绝佳搭配，和"一个人的狂欢"气质不搭。不知道吃完这顿丰盛的海底捞后，那个姑娘如今可好？伤心的事应该都忘了吧？伤心的人也该忘记了吧？

虽然夜市属于所有人的狂欢，但也不排斥一个人的孤独。一个人，也能在市井烟火气中找到匹配孤单的食物。比如臭豆腐，比如烤香肠，比如烤面筋。

烤面筋往往挂的是"武汉户部巷烤面筋"的招牌，但谁都知道这并非正宗的"户部巷烤面筋"。2019年我去武汉时，专门去了户部巷，一条长街的美食商铺，没怎么在意烤面筋，所以也无从比较本地烤面筋和户部巷烤面筋差别究竟在哪儿。这种市井气十足的食物其实也无所谓正不正宗，好吃对口就行。夜市的烤面筋秉承了浓郁的五彩霓虹色调，被炉火烤得干焦金黄，调料也撒得分外重，与师出同门的臭豆腐相比，骨子里少了嫩，却不乏坚韧，因而吃进嘴里很有嚼头。配上孜然、辣椒等佐料，越发让人上头。火往往能使万物获得新生，经火淬炼的万物脱去水分后干枯如柴，现出自身真形，本质分外清明，真相才得还原。万物须经火的淬炼才会破茧重生，人亦如此。不但人物如此，欲成仙佛，也得浴火后方能重生；凤凰不也是在火里涅槃？修仙练道的孙悟空也得经八卦炉锻炼，炼得火眼金睛，才能在西天路上识得万魔，保得唐僧。可见火是能使万物现形还原的仙家宝贝。在夜市中，油炸听起来如猛火攻心，但炸出来的食物外焦里嫩，尚有柔气；火烤看似漫不经心，但烤出来的食物蒸发掉水分，留下的都是自身精华，骨气自现。经火烤过的面筋因是面制品，比肉更有嚼劲。不需要朋友相陪，不需要开张桌子，一个人，一串烤面筋，在夜里边走边吃，放下对健康的焦虑，搁下了却不了的繁难，忘掉解决不了的问题，像手里这串烤面筋一样，做一小会儿——哪怕只是一小会儿——真正的自己。转念一想，经了生活之火的不息淬炼后，作为肉体的自己就如这手里的烤面筋一样消失了，没了，那我将如何重生？这么深沉的问题还是不要在繁华如梦的夜市想了，理性的思考往往得不出生活真实的答案。

烤肉、串串、臭豆腐、烤面筋……卸了面具的人们在夜市吃吃喝喝哭哭笑笑。它们本身就是生活给出的答案。

口罩

不消说,口罩成了这几年来口袋里的常备品。

口罩经过2020年初短暂的紧俏后,几乎没有再出现脱销的局面。囤货清单上除了吃吃喝喝外,口罩赫然列于其中,且与基本生活用品的地位旗鼓相当。我这个从小到大不爱戴口罩的人,这几年口罩不离口,即使在疫情和缓时期,到了人流密集的地方,无论天气多热,也不敢摘下口罩。

小时候我妈给我戴的口罩特别厚,口罩绳挂在耳朵上后还要在后脑勺绕一圈再把绳子系好,特别麻烦。三四层的布做成的口罩捂住嘴,呼吸都困难,所以我很讨厌戴口罩。疫情前,即使前一年冬天时得过肺炎,该注意防护,我依然不喜被口罩罩住嘴巴。没承想,2020年后的每一天,这个我最不喜欢的家伙成了每个人摘不掉的烦恼。

口罩脱销的那段时间，我在网上抢购了一盒一次性医用外科口罩，全家人紧紧巴巴数着数地用。没抢到儿童口罩，带孩子出门时就把两端的口罩绳各打一个结，缩短绳的长度，凑合着戴，出门后让孩子待在车里，等我从超市赶紧采购完，立马带他回家。虽然是一次性口罩，好在彼时不在疫区，出门次数和时间亦有限，所以每次从外面回来后，我就把口罩挂到阳台通通风，如此反复，一个口罩好歹能用三四次。及至一盒口罩快用完时，各个销售渠道的口罩都备足了货，连平日并非生产口罩的商家也都趁热打铁，做起口罩生意来，所以口罩从最难购买的物品一跃而至最易购买的物品。反转有时就是这么快。

为了不重蹈2020年初的覆辙，如今我买口罩都是一百只起步，从儿童用的一次性医用外科口罩到成人的一次性口罩，从防雾霾口罩到N95口罩，从带呼吸阀的口罩到纳米口罩，一应俱全。这几年，口罩在生活中不但无时不有，而且无处不在。家里、包里、车上、办公室都放有口罩——尤其是车里，一放就是一百只。口罩似乎成了我时不时冲上心来的焦虑情绪的缓释剂。人总是爱那海阔天空的自由，可如今万种心绪无从说起，多么自由的心也得加上口罩的束缚。

爱美的人在口罩上做起"手脚"。日杂店琳琅满目的生活用品里，口罩摆在最显眼的位置，便于顾客拿取。口罩的颜色从单一的蓝色、白色悄悄变成了粉色、花色，以及带卡通图案的口罩。为了收纳方便，商家花样百出，推出了口罩收纳袋。我瞧了瞧，不过是打着专门收纳口罩旗号的普通收纳袋而已，并无特别之处，但价格比其他收纳袋倒贵了一点。真是买家不如卖家精。昨儿早晨晨练时，见一女子穿着时髦，嘴上罩了一个印着大红唇的口罩，远远地就以色夺人。这妙龄女郎摇摇摆摆地走在匆忙往来的熙攘人群中，极其醒目。虽然不得见她的五官样貌，亦可以想见女子走在衣衫朴素的人们中间，脸上应有一股张扬不羁的神情吧。

没有办法改变大时代，在自己身上花些小心思，未尝不是摆脱忧郁与焦虑的一种尝试。人这一辈子，说来说去，总是与自己周旋最久。疫情的延续不断放大着我们与自己的关系：口罩遮住的世界，使我们有了向内看的机会。反思我，接纳我，调整我与我的关系，把曾经不断向外进取关注他人他事的时间和精力如今拿来关注自己的心事，学着与自己和解，与自己好好相处。落到每个人头上的雪片都沉重如山，但它终有化成水归入大海的那一天。如果口罩摘下来的那天，我能在春色如许中看到一个焕然一新的自己，那将是这几年来戴口罩的日子给予我的最好的回报。

也许那天我会给所有的口罩一个隆重的告别仪式，亦如告别疫情时期慌乱无措、忧虑心焦的那个我。

小·白鞋

今天出门找鞋穿。找来找去,还是穿了那双小白鞋。

小白鞋,用时下流行的话来说,真是"可盐可甜"。进可搭配碎花连衣裙,退可搭配运动休闲服;春夏是它的主场,秋冬它也可以占据一席之地。鞋柜里一年四季的鞋子,唯有小白鞋进退有余,收放自如。

我买的第一双小白鞋其实是一双护士鞋,模样普通,但是贼好穿。鞋子船形平底,通身雪白,没一点杂色;鞋面系带,穿上后干净利落;鞋底不清楚是什么材质,但是极耐磨防滑,很适合护士们在病房里来来回回地奔波。那几年高跟鞋穿得我脚底起茧,脚经常因鞋不跟脚而被磨破,故买了这双平底鞋换着穿。谁想这鞋越穿越舒服,以至于撂不开,于是夏天天天穿着它。秋冬季节,这双白鞋太单薄,禁不住秋风冬雪,只得洗干净,搁进柜子里,来年接着穿。就这样，这双鞋陪了我五六个春夏，开胶也舍不得扔掉，又闲留了一两年，实在没办法穿了，没处放了，才放进衣物回收箱里。

如今脚上这双小白鞋是颇为流行的厚底休闲鞋。比起护士鞋，它厚重很多，鞋底整体高了三厘米左右，所以不能算是真正意义上的平底鞋。鞋面不似护士鞋那样呆板朴素，添了很多时尚元素。比如鞋帮一溜竖条纹，鞋后跟印有金色英文字母，可以脚踩鞋穿成拖鞋样式；鞋面的走线设计成流线型，特别是鞋头的线条颇有"美人尖"的淡淡韵味，让这双普普通通的白色鞋子陡生春色，风情万种。可以想见，就是这么一款才一百出头的小白鞋，设计师也为它废寝忘食地投入了心血。

其时买回来只有一百多块，便觉得穿不了多久，顶多不过一个夏季而已。没想到时至今日，这鞋出乎意料地已经陪了我两年多，而且很可能继续陪下去。当时买鞋时，直播间的主播"吹爆"了这双鞋，我被"蛊惑"得心里痒痒，下了单。开始，我只保守地拿它搭休闲款的衣服。虽然鞋底高，穿着倒不算重，走起路来虽脚下带不了风，但能增高三四厘米的个头，实在不赖。搭了一季后，本打算洗干净放入柜子，等来年再穿，结果自己倒先懒怠了几个月，这鞋子就一直搁在门口没动。入冬第一次降温，我那天赶着接孩子放学，匆匆忙忙翻出大衣，在门口摆着的鞋子里随便找了双塞进脚就跑出门，到了楼下才发现穿了一双夏秋季的小白鞋。冷飕飕的寒风和紧迫迫的时间让我顾不得再上楼换鞋，穿上它一路飞奔。这一飞奔倒把小白鞋的好全飞出来了。一直以为只属于炎热季节的小白鞋，却意外地发现它在冬季变得暖暖和和。不仅如此，这一直被我搭休闲衣服的小白鞋配上冬天的衣物，中和了大衣的厚重端正，于庄重中透出一股从容之气，让人竟一时不觉冬的冷酷了。察觉到了小白鞋的这个好以后，我一个冬天脚上几乎都挂着它，不再想着把它束之高阁。冬尽春来，这双鞋百变星君似的，又成了春天各种衣服的"救命星"，每每想不到穿什么鞋时，拿出它来绝不会出错。夏天，穿着漂漂亮亮的碎花裙，踩高跟鞋太老气太俗气，穿上小白鞋，仿佛重回十几二十岁似的，又轻快又清新，走路也不必矫揉造作，一步一行都要合乎举止。

原来一双小小的白鞋，也能改变人的心情。看来，所谓普通，有时未必普通；所谓廉价，也未必就是次品；所谓心情，也需要在普通日子里寻找小小的闪光点，才能有情有调地生活下去。

香炉

《红楼梦》第四十一回里有个情节让人印象深刻：刘姥姥在大观园解手后，醉醺醺一头撞进怡红院，在宝玉的床上蒙眬着睡去。袭人进了房门，"就听的鼾声如雷"，"只闻得酒屁臭气"，"满屋一瞧，只见刘姥姥扎手舞脚的仰卧在床上"。袭人慌忙推醒刘姥姥，并往房里大鼎内贮了三四把百合香，用罩子罩上香炉后，扶着刘姥姥连忙出了怡红院。电视剧里的香炉是搁在桌子上的一个双耳三足鼎，袭人向鼎内抓了三四把香，然后连忙拉着刘姥姥出了房门。

除了房内熏香除异味，《红楼梦》里最著名的"香"就是宝姐姐的冷香丸了。冷幽幽的药香气让宝玉以为是宝姐姐衣服上熏的香气。"意绵绵静日玉生香"一回，林黛玉打趣贾宝玉，笑他："蠢才！蠢才！人家有冷香，你就没有暖香去配？"更不要说馒头庵、铁槛寺里的香烟缭绕了。

西方的"香"文化与中国大相异趣。西人提取花香草香调制成水，装进精致的瓶子里，用时直接将香水抹在耳根、手腕等处，利用人体的自然代谢挥发出香气。中国文化敬事佛道皆要燃香，香水的香气不能上达天听，只有制成香，让香气载着凡人的求告轻飘飘地随风上升，满天神佛才能听到民间疾苦。香不能置在瓶子里，不能直接喷吐，只有敞口容器方能容下香烟的袅袅身姿。香炉内缓缓飘升的烟雾没有固定的形态，带着花草的香气随势上扬，在空中静静地散开，静静地消逝。从开始到结束，没有人力穿凿附会，没有人工干预强求，一切自然而来，自然而去。与"喷香"和"抹香"相比，燃香或熏香是中国文化"随物附形""万法自然"的精髓，而盛装香的精致香炉也成了历代文人骚客把玩赏鉴的心头爱物之一。

我常用的香炉有四个。一个用来盛放盘香，一个用来盛放线香，一个是倒流香所用，还有一个是点香薰蜡烛时用。前几年常用桂花盘香，香炉是陶瓷质地，碗状，盖子是连绵起伏的山峦。碗里放了我从北海带回来的一只金字塔形的贝壳，桂花香盘于其上。褐色的香炉与盘香的颜色一样，炉盖的山峦左右各开了三个长形孔，仿佛幽深的洞口，可以窥视炉内乾坤，盖顶山峰凸起，做成把手，方便揭盖。点好香后，山峦盖住香炉，炉内的香慢慢地燃烧，烟从六个长形孔徐徐飘出，在半空中忽而直升，忽而婉转，一时几股烟气扭结，又随风散开，各自寻找出路。每一分每一秒，烟气都不会有相同的身形，总是如行云流水般忽聚忽散，忽飞忽逝。闻着桂花的香气，看着从香炉里飘出来的香烟散去，时间在流逝，然而时间仿佛又是凝滞的。好像你看天上的云，云就那么在空中飘着，一会儿是这个样子，一会儿是那个样子。你想了半天，它都不像一个可以确切说得上来的东西，它无法被定义，无法被命名，可是不知怎地，你的心里却是空荡荡的、愉快的。这一刻，流动的时间是物质的、客观的，无法回头重来；但是静止的时间是自己的、内心的，可以反复回味咀嚼。

流动的时间是我们奉献给他人的，静止的片刻是留给自己的容身之地。

如今燃香也有不好之处。北方冬季雾霾严重，基本上家家都有空气净化器。冬天点盘香时，家里的空气净化器就开始猛劲儿地工作，指示灯变成红色，机子呼啦啦地响，吵得人耳朵生疼。后来我便不用盘香炉，买了个线香炉。

香炉简简单单，木刻的鱼形，红木色。鱼肚子里放香。鱼头和鱼尾处嵌有磁铁，使得炉盖和炉身吸附得更紧密。炉盖的鱼身中间随炉形开了一条长孔，烟气便从此出。买香炉附送了一管线香，闻着像是檀香。香炉虽然身形长，但比盘香炉仍小许多，不占地方，所以我就把它放在随手可取的地方，燃完香后方便再续。因为香炉只有一处出烟口，所以也只有一缕烟飘飘而出，比起盘香炉的六个孔，这一丝烟气真如游丝一般细软无力。这一丝细烟常常在半空中盘绕流动，变化出万千姿态，妖妖娆娆。它的千变万化总令我想到书法线条的意趣兴味。有时看得起兴，我不由自主地用手在空中跟着烟气的变化舞蹈，想象不存在的一个字在空中缠绕婉转，仅仅用线条就展现出汉字的全部魅力。想到在碑林博物馆看到的张旭和怀素的草书，如同眼前的烟气一样，潇潇洒洒，不拘于形。这字，这烟，瞬间都有了一种气度、一种胸怀——一种万物自在心间，万物又不在心上的气度与胸怀。

倒流香炉的造型是几个香炉中最复杂的。黑色光滑的圆形底座上，山涧里一股溪流蜿蜒而下，在涧底形成一个水潭。山上坐着个闭眼冥想的素衣小沙弥，旁边一个香鼎，鼎上放置倒流香。燃起香后，烟雾不向上飞升，而是向下顺着溪流的河道流入炉内的水潭里，远远望去，飞流如雾，如梦如幻。如果说线香炉和盘香炉看的是烟，这倒流香炉看的就是炉了。倒流香的烟与炉浑然一体，炉是烟的归宿，烟弥补了炉景缺失的一角。烟流进倒流香炉里，成全了小小香炉的一个小小的山水世界。"一口气不来，向何处安身立命？"清顺治帝参悟佛法时对董鄂妃如是说。《清史稿》记载董鄂妃"习书，未久即精。朕（顺治）喻以禅学，参究若有所省"，是个悟性极高的女子。奈何世事无常，她与皇帝虽情深似海，但"情深不寿，慧极必伤"，情爱终究是过眼云烟，聚时欢喜，散场则冷冷清清。对于那句禅机，影视剧中两人的参悟是：一口气不来，向山水间安身。历史上两人是否有过这样的对话，不得而知。功过是非的硝烟散去后，方看清人生原来不过是"如雾亦如梦"，欢爱"朝露去匆匆"。在中国人的心中，唯有山水自然永远"缘生缘灭还自在"，不为红尘所累、所绊。

香薰炉是个白瓷佛头炉。佛顶打开头盖，注入一两匙清水，滴几滴精油，脖颈中空，用来放置香薰蜡烛。空气中不见烟雾升腾，但精油的香气在蜡烛缓慢地燃烧中丝丝缕缕地蒸发挥散。因为不喜点蜡，所以这个香炉买来只为好看，当作摆件一直放在书房一角。我爱它通透莹润的纯白颜色，爱它似笑似嗔的佛祖脸庞，爱它不言不语却仿佛参透世事的静默无声。

此刻，我点燃一根线香，放入香炉，盖上炉盖，看烟雾徐徐缭绕，在空中随意地自在变幻，无声消散，心里无来由地豁然平静下来。万千烦恼，不过如烟一般倏忽而来，倏忽而去。既来便有去之时，又何须煎熬自苦？一口气不来，向何处安身立命？一口气不来，只向心内安身，整个世界便化进生命里，成了生命本身。

防晒物

天气预报软件一连多日在手机屏幕上方跳出高温预警,这周气温预计更是逼近四十摄氏度高温。夏天终于轰轰烈烈地来了。

去年时兴起肉眼可见能阻挡紫外线的遮阳帽:在户外烈日下,帽檐立刻会变成深紫色,进入室内又恢复成白色。在网上搜索一圈,除了遮阳帽、遮阳伞、防晒衣、防晒袖套也号称能有效阻挡紫外线,无非是用一个简单的测量紫外线的仪器检测一下遮阳效果。不管有效无效,反正这烈日当头的实在难熬,打伞又占手,我便也跟风买了两顶防紫外线遮阳帽,一顶黄色小熊的给孩子,一顶蓝色的自己戴。戴眼镜的人戴帽子别别扭扭,卡得耳根难受,耳朵不堪重负,尤其是这种露顶的遮阳帽,帽檐正好卡在额头,再戴眼镜,别扭得跟穿了不合身的衣服一样。再者,三十六七摄氏度的高温，哪儿哪儿都热，帽檐压着的额头正是出汗密集处，额头上渗出的汗被帽子闷着，越发让人闷热烦躁，所以这帽子无论我还是孩子，宁可冒着被晒黑的风险，也不情愿多戴片刻，只在气温尚能忍耐时戴一戴，遮遮太阳的"热情"。

遮阳伞倒是买了好几把。帽子戴着不舒服，所以夏天出行，遮阳伞成了我的救命稻草。比起帽子，伞的遮阳面积更大，除了占手，再没有让人觉得不舒服的地方。如今的遮阳伞越做越小，越做越轻，越做越漂亮，储物柜里几把遮阳伞一字排开，也经历了从重到轻，由寡淡伞面到俏丽伞面的历史性巨变。前几天我又不由自主地搜索"遮阳伞"，哗啦啦立刻跳出满屏花里胡哨的伞来。时下流行"莫兰迪色系"，那些主打"高级"的店铺，卖得最好的就是莫兰迪色的光面遮阳伞。不仅如此，今年卖伞的店铺一家比一家伞的重量轻——你广而告之伞只有二百四十克，短至十四厘米；我就敢夸口我家的伞才二百克，长度仅十二厘米。夏天出门，但求随身衣物化至极简，除了裸奔，恨不能轻薄空手而行。这些年的遮阳伞可谓是朝着这个方向不断"进化"——如果科技成熟，恨不得做成隐形遮阳伞。

与遮阳伞"大道至简"理念形成鲜明对比的，是防晒衣。

5月，时值春末夏初，太阳这个火炉还没有烧旺。我那天开车回家，不经意地瞥了一眼右边车道正并排等绿灯的司机。我一时没回过神来。高高的SUV驾驶座上，司机全副武装：头上戴着一顶遮阳帽；帽檐下挂有面罩；鼻梁上架着一副墨镜，身上穿着盖住整个上半身的防晒衣，脖子、胳膊全部被盖得密不透光，严严实实。我乍一看没醒过神来，略微一惊后才领悟司机定是位爱美的女子。老司机们都晓得，夏季开车，最要命的就是太阳。我这高度近视的人，前几年夏天没少买偏光镜，要么是直接架在近视镜上的，要么是偏光镜片夹。虽然鼻梁不堪重负，眼镜不停地往下掉，但在烈日下开车，偏光镜太有必要了。车玻璃贴了防晒车膜也不济事，车里常年备着件防晒衣。不过如这女子一般开车如此严防死守，我也是头一次见识了。虽然防晒要紧，但行车安全恐怕甚于防晒啊！

好奇之下，我搜了搜女子同款防晒套装。好家伙！这一搜真让我大开眼界。如今的防晒衣遮得风都进不来，何况阳光！从上到下，从头至尾，从简单的防晒袖套到长及脚踝的防晒长袍，真真做到了只留两只眼睛露在外面。感觉简单的防晒袖套、防晒帽已经不能表达人们对夏日烈阳的拒绝和厌恶了。

犹记得三十年前的夏季还不是这样不可理喻。我那时每年暑假都要在姥姥家待两个多礼拜，那村子沿地势分布，村后面的院落较住在村前的高出一些，然后又在高处一路向下，直通到村外的大路，因此村里除绕行外，还有一条沿地势上下蜿蜒的小路可通前后里外。石梯路在半山腰上挖了隧道，外面不管如何热气冲天，一入隧道，顿时凉快下来，穿堂风吹得人神清气爽。夏日午后再如何燥热难耐，只要进得这里，昏了的头脑立刻就清醒过来。记得有一年如往常一样来村里消暑，那一日，午后两点多的大日头毒辣辣的，照得黄土地惨白一片，仿佛赌气一般，不烧得大地干旱不生，誓不罢休。虫儿、鸟儿都不叫了，也不见了，整个天地在三伏酷暑的日子里，万籁静寂。我随姨妈不知为了何事，走在这火热世界的一片静寂中。姨妈带着我走近路出村子，我第一次爬上这段陡峭的石阶路。天上万里无云、炎日如火，地上遍地亮白、四野无荫，让人躲不开扑面而来的热风热气。我和姨妈两人一路无话，脚步匆匆。走了没多久，一阵凉风迎面而来，我抬头，瞧见了不远处的隧道。姨妈二话不说，拉着我的手，带我疾步走上台阶，来到阴凉的隧道里面。里面有三四个人坐在地上，彼此也不说话，都只闭着眼养神。想来应是家里太热，午睡睡不安稳，不如来村里最高处避避暑消消乏。这里临高俯下,两边过风,日头虽盛,但不能直射进隧道,加上周围草木繁茂,掩住烈日的同时又阻挡了暑热之气进来,竟是盛夏里一处难得的清凉地。我和姨妈在这里歇了很久,看着日头往西偏了一点,才拔营离开。一路下坡好走,不一会儿就到了树荫成行的大路上。天热,路边有卖雪糕的小摊,姨妈问我吃不吃雪糕,我说我想吃旁边的煮玉米。过了几天,我妈来接我时,姨妈笑着对我妈说:"你这闺女懂事,那么大热天,我问她吃不吃雪糕,她说要吃煮玉米。她知道给大人省钱哩!"其实那天我是想吃雪糕的。这么大热天,谁会想吃煮玉米这么热乎乎的东西呢?

可即使是我印象中如此热的酷暑7月,都比不过近几年的6月天了。才过端午,一日热似一日,天气预报频发高温预警、强对流天气预警。如今什么都讲求快,难道天知人心,也跟着一起快跑起来?原来的8月跑进了7月,7月跑进了6月里?我高考时是7月的7号到9号三天,应该正是入伏时节。后因7月暑热,高考挪到了6月。可如今6月也成了"热得快",好在现在教室都配有空调,我那年高考,是名副其实的"烤",彼时考场可没有空调这种高级降温玩意儿,考生们是实打实坐在考场,实打实地备受身心煎熬。然而那时竟也不像现在这么怕热、这么不耐热,需要如此完备的全套防晒物品。日头浅的年轻日子里，天地都是美好的，所以热也是可爱的热、可忍的热。及至长大，历时经世日久后，方才明白《西游记》里孙悟空所言："盖天地不全。这经原是全全的，今沾破了，乃是应不全之奥妙也。岂人力所能与耶！"只是人力如今无不到之处。想要补天，偏偏忘了天地本不全；既补不了天，只得成全自己，将自己包裹严实，却不知又掉进了人力穿凿更深的陷阱里。这天，能不热得不讨人喜欢，热得让人受不了吗？

真不知是天变了，还是人心变了。

前几天买了两件防晒袖套，一件放在车里，一件随身携带，时时防着太阳。天变了，变得越来越热，我的心也变了，变得不似当年那么不惧阳光，肆意玩笑。所以防晒的家当，还是老老实实地备着吧。

肥皂

对肥皂的所有记忆,都与我妈有关。

提起肥皂,我脑海里总不由自主地想起我妈每天洗衣服的身影。

我妈是个特别爱干活儿但是手底下总不出活儿的人。她自己也承认。所有家务劳动里,她最常干也最爱干的就是洗衣服。我印象中,我妈一年四季几乎天天在洗衣服——直到后来家里的出租房招了一对温州夫妻做房客,那个个头小小、干活极利索的南方女人凭着对水的执着,才把我妈比下去。我妈下班后,总是打发一家人吃完饭,就开始往大水盆里注水,一边蓄水,一边从窗台拿下肥皂盒,然后搬个小凳子,开始洗衣服。因为经常洗衣服费肥皂,所以家里用的肥皂是长砖块形的,从里到外都很粗糙。我妈每次用新肥皂前,都先沿着肥皂中间将其一掰为二，一半放在肥皂盒里，一半放回包装袋，以备后用。老屋有小院子，自来水管子也接在院子里，所以肥皂就放在屋外的窗台上，人回来了可以随时洗手。时间久了，我已不记得什么时候开始用香皂的，只记得那时候洗衣、洗手都用肥皂。

我妈经常一边洗衣服，一边抱怨老有干不完的活儿。我妈是普通的，也是伟大的。家里七七八八的家务，衣食住行诸类不一，件件都是她手到眼到心到。她总说自己手底下不出活儿，但对一个女人来说，又要上班又要顾家，她口中的"不出活儿"其实是对自己工作家庭两不能全顾的自责。这道理我一直没明白，直到自己逐渐长大成人，事务缠身，才渐渐品出这话和我妈种种抱怨背后的自愧自叹之情。如今流行批判原生家庭，但如果一味将自己进入社会后的各种不尽如人意的情境归咎于父母，未免有失公允（极端特殊家庭案例除外）。我十几二十来岁时，很反感我妈的种种言行，比如爱抱怨，比如唠唠叨叨，比如说话多却总抓不住重点，比如有洗衣机，也买洗衣液了，还是非要用肥皂洗洗搓搓，累得自己半死，无端叫人生气……印象至为深刻的是有一年我妈过生日，我爸特意买了些好吃好喝的，又亲自下厨给她准备了一桌饭菜，我也高兴。我爸妈两人性格不合，行事作风也大相径庭，拌嘴是家常便饭。尤其每年过年，因为手头紧张，加上年底杂事冗多，两个人时常摩擦起火。我几乎从没经历过过年前两人不吵架的平静日子——又或者我太敏感，总是记得他们不愉快的日子多于宁静祥和的日子。话说回来，哪个小孩不欢喜看到自己的父母恩爱如一、伉俪情深？所以我爸置办的这桌饭菜让我至今记忆犹新。菜上齐了，人也齐全了，我叫我妈吃饭，我妈手上正忙着干活，她说："你们先吃。"我不肯，让我爸和妹妹等等妈妈。又过了一会儿，我妈还没来，我便兴冲冲地跑过去叫我妈来吃饭。我妈见被催，手上的衣服还打着肥皂泡沫，便不耐烦地吼："哎呀！你们先吃！等我干啥？！"声音烦躁又急促。我仿佛一盆冰水浇头，热情一下被熄灭，而且灭得猝不及防。我那时小小的心里只有一个小小的希望，希望我们一家四口天天都能像电视里演的和谐家庭一样，夫妻恩爱，孩子伶俐，一家人齐齐整整，一看就知道是个被爱包围的家庭。可是我妈在她自己生日这天，把我这个幻想打破了。我那天一直在惴惴地想：我爸是不是也和我一样，火热的心被我妈的一股烦躁的无名之火喝住，止步不前？我到底能不能有一个想象中的完美的家？后来我们父女三人先吃饭，吃到一半，我妈洗完衣服才走过来，坐下和我们一起吃。

老两口吵吵闹闹过了一辈子，直到现在，每次我回家，听不到我妈数落我爸，我爸要么闭口不言，要么生气地把手一挥，辩驳几句，就不是他俩正常的日子。

其实，我爸也懂得体贴我妈。家里第一台洗衣机买回来的时候，我爸生平第一次洗了衣服。他不是个嘴上爱说甜言蜜语的人，但总在行动上有所作为。然而他的行动因没有表白沟通，故又常常为我妈所误解，所以吃了很多暗亏。第一次洗衣服就好心办了坏事。我爸的意思，其实是想向我妈表达一下今后有了洗衣机，她不用又是接水，又是打肥皂，又是一遍一遍漂洗那么麻烦了，但是衣服洗好后，我爸这个洗衣生手没有把衣服散开晾在绳子上——他把被洗衣机搅成一团的衣服一股脑儿原模原样地挂在了晾衣绳上。我妈下班后，我爸特别高兴地给我妈展示劳动成果；我妈气得跳脚，数落了他半日。我爸一言不发，但从此后直到现在，他再没碰过脏衣服。就像那天生日后很多年，我再也没有主动提出为我妈过一次生日。后来，家里的洗衣机换了好几台，但除了床单被罩这些大件，我妈依然坚持用肥皂手洗衣服。

那时真的不理解父母，愤怒时冲他们叫嚣："你俩干吗不离了？！"我的口不择言被我妈厉声制止，我爸沉默不语。我沉迷在自己幻想的完美家庭里，希望现实的家也美好得无懈可击。这可真像《红楼梦》里的大观园啊！"世事如梦"这四个字沉重得不是年轻的心扛得住的。这当中饱含对世事由幻入真，又由真悟幻的人生理解，唯有经历岁月霜染后才能了悟。我妈的抱怨，我爸的沉默，皆是隐忍。同样是隐忍，性别不同、个性大异，他们面对生活的风刀霜剑时，选择了用不同的方式成全隐忍，成全孩子的成长，成全一个家的完整。如今甚嚣尘上的理论是不能委屈自己，女的男的都不能委屈自己（家暴不算，那是犯罪）。我爸妈几十年的风雨人生路让我见识到的不仅仅是婚姻中的性别对立、工作上的分工对立（这些都是客观存在的），更是生活的朴素智慧。他们俩前半辈子磨合期太长，但两个人一直在努力：我妈虽然唠叨抱怨，但时时退让维护我爸；我爸不爱沟通，但在家务事上均由我妈做主他帮衬，很少反其道而行之。他们没有因为简单的"个性不合"将一个破碎的家庭扔给我和妹妹，时有争吵的家庭气氛给我带来了不少困扰，也让我得以在其中观察理解如何做一个更独立的女性，如何更好地、更有效地和生活伴侣沟通。而我心中的那个完美家庭其实是不存在的，如同洗衣水里飞起的肥皂泡，终是虚的，经不起手指轻轻一戳。父母给了我们生命的底色，这是擦不掉的底色，但在这底色上如何作画作文，要凭我们自己的本事，怨不得天怨不得地怨不得家。我们可以互相比能力、比学识、比见识，但是抬出家庭来比，就没意思了。无论如何，总不能一辈子活在期望自己的生命底色更完美的肥皂泡里。

　　这些年冷眼看着父母不断成长。人说"活到老，学到老"，不仅是向书本学，更是向生活学。我和妹妹成家立业后，他们有了退休生活，更进退自如，随着生活的步调调整各自的步伐。偶尔回家，发现面对我妈的唠叨，我爸时不时开解几句，劝她少操心；我妈也学会了尊重我爸天性爱自由、爱独来独往的个性，一日三餐管饱后，不太再处处时时管着我爸。如果说成长，人这一辈子无时无刻不在成长。"成长"两个字的含义拆开来看："成"是年龄增长到成年，可以承担成人的工作；"长"是阅历的增长，生活经验的增长。只有在生活的磨砺中"长"了，人才能"成"。我们要"学到老"的，恰恰就是对生活世事的"长"。

　　向生活学到老，肥皂泡就会变成水晶球，怎么戳都戳不破，而且晶莹剔透得赛过轻浮的肥皂泡。

手机

去年又换了手机。

从大学那年流行的小灵通开始至今,已数不清我手里拿过多少部手机。二十来年手里来手里去的手机,从蓝屏换到彩屏,从纯粹的联络功能换到如今出门不带手机寸步难行,这二十年的生活于我这生于20世纪80年代的人来说,实现了文学语言形容的"弹指间"的飞驰。我的父母生于20世纪50年代,于父母辈而言,他们的生活是从无到有的巨变;对我们这代"互联网移民"而言,生活则是由简至繁的裂变。

读大学时,周围很多同学——特别是男生——用的还是传呼机。化学系有个家境比较优渥的男生腰间别个汉显传呼机,被同学们羡慕"有钱",那男生嘴上打着"是我爸的"的幌子,满心的虚荣早写在了脸上。那时候即便有些虚荣心，也是谦虚的、内敛的，不似现在的年轻人，将虚荣分外张扬。没多久，大概就是我读大二或大三那两年，大学生们纷纷购买手机，特别是即将找工作的毕业生，联络起来方便极了。大三那年，我以外出实习联系方便为由，硬着头皮向我爸开口，买了第一部"手机"：小灵通。我爸跑到西华门的电信营业厅，给我带回来一部银灰色的蓝屏小灵通——蓝屏是当年最火的屏显。我爸给我买的是刚上市的新款，比老款轻巧，设计也十分秀气。手里拿着这高科技玩意儿，我又是虚荣又是心虚。自己心如明镜，为实习要手机不过是借口，真实目的，无非是为了满足那颗虚荣攀比的心。这部小机子在我手里无比轻飘，却又分外沉重。

小灵通用了大概两年时间，彩屏开始大行其道。大四毕业的那个暑假，我等着9月入学继续读研，我爸给我买了一部红色的彩屏翻盖手机。我已经记不清这部机子到底是我爸主动提出来给我换个真正的手机，还是我央求他买的。手机很漂亮，亮亮的红色不仅不显俗气，反而特别俏皮。机身四角转折处皆设计成圆弧形，加上机子本身个头小巧玲珑，捧在手里仿佛擎着一滴水珠，轻盈秀雅。外屏是略呈"S"状的流线型彩屏，开机或来电时，彩灯闪烁，虽无实际用途，但在那流行愈繁愈美的时期，这种

"画蛇添足"的设计在其他手机上亦为常见。内屏不必说也是彩色屏幕，键盘也是圆弧形设计，与机身相得益彰。这部手机是我真正意义上的第一部手机，且设计非常女性化，我十分喜爱。我爸买回来后也很得意自己的眼光。然而好景不长，没用两天，这部手机就出现了屏幕不亮、开机异常等一些小问题。我在家里捣鼓了半天，找不到原因，便跟我爸跑去售后处询问。交涉一番后，这部手机因质量原因被退掉了。还好在保质期内它爆了雷，否则连退都无可退，修怕也是颇糟心。退掉后，我爸当场又买了一款索爱的直板手机。读研究生那三年，我一直用的就是这款索爱手机。

2007年找工作和其后刚工作一两年，又陆续换了两部手机，一部是诺基亚滑盖手机，一部是当年最薄的一款直板机。奇怪得很，我对更换手机的记忆，也就停留在这里了。工作后到现在，换了哪些手机，全然不记得了。我是个很没常性的人，又秉有一种想法，觉得物不过情之所赋，人情随时随事，时移世易，若一味为物所缚，只顾怀旧留恋，反而忽略了情的真意深意。最普通的物，沾染了情，就有了人间烟火气。烟火气里的爱恨悲欢才让人最为着意，故此对于物，也只留心彼时的情、彼时的境、彼时的意。旧事旧情既已永留在心，物于我便可留可不留，所以我极少收藏旧物。对手机的记忆停留在工作前后，大概也是工作后生活渐趋稳定，亦步亦趋地跟着一代代人的步伐，恋爱、就业、结婚、生子。每一步似乎都没有错，每一步都波澜不惊。情感成了一条稳稳的直线，记忆也便没了凹凸起伏。陈奕迅在歌中唱"我要稳稳的幸福"，但每个人得到了"稳稳的幸福"后，有没有于欣慰中掺有一丝若有若无的遗憾，甚至是无缘无故的忧伤？

语言擅长描述突如其来的、宏大的、惊心动魄的情感，但更多时候，人的日常生活里私人的、隐秘的、交叠缠绕的情绪却是用语言难以形容得尽的，只能是"如人饮水，冷暖自知"。

去年又换了手机后，旧手机留给孩子用来听书、查资料。为了防止他沉迷小视频，旧手机里除了新华字典、古诗文网、口算检查、儿童喜马拉雅及微信外，其余手机软件一概卸载，并且也只允许他做完作业和节假日使用。对于他这个"互联网原住民"来说，对手机的记忆不会比我更深。他所记住的童年，恐怕与我一样，是有很多禁忌的童年。这么多的"不许"在他的内心里，或正在积聚一股叛逆的情绪，只等有机会宣泄出口。我和孩子都有对手机的记忆，可是我们赋之于手机的情感又是多么不同。这些细细碎碎、难以言说的小情小绪赋之于物，凝聚成实实在在的生活点滴，汇成每个生命个体的天荒地老。如此想来，胸中似有一首慷慨悲歌，不禁让人潸然泪下。

"天地不仁，以万物为刍狗。"在宏伟的沧海桑田变迁之间，我们多么渺小又可笑。然而红尘一场，一个微不足道的生命若能留下一缕情、一股气，证明自己来过、爱过、生活过，也是无牵无挂的了。这以卵击石的勇气，就是自己来这世上走了一遭，无怨无悔的慷慨之情。

这世间万物，有了情之所赋，即有了意义，人也便有了活着的意义。

法桐、越剧和莫文蔚

友谊路上的法桐又回来了。

1998年,父亲的单位福利房分下来才一年有余,我家刚从友谊路搬家。一番波折后我又回到原中学读高中。新家离学校有段不远不近的距离,为了节省路上的时间,高一开学没多久,我爸就给我买了辆自行车。

晚自习通常七点半结束,从学校到家骑行不过二十来分钟。但从高二开始,因为功课多,加上偏科严重,我渐渐热衷于以放学后骑着自行车,经过那段栽满法桐的友谊路绕远回家的方式,释放心底透不过气的巨大压力。待进家门时,往往已是晚上八点半左右。好多年后,我妈说,我爸一只眼睛几近失明,另一只眼睛只有0.1的度数,多是因为那几年每晚在家属院大门口眼睁睁地盼我回家急出来的。我却只知道，寂寞的日子里，晚自习后在夜幕下的友谊路穿梭时，路边的法桐安静地、稳稳地立在那里；回到家，我爸轻描淡写一句"回来了"，然后给我端来晚饭，从没提起过他在大门口一直等着我回来。

那些年，我爸一定是在一棵不起眼的法桐旁等着我的。渐渐地，他也站成了一棵法桐，不起眼，但依然绿意满身。

秋季的雨水殷殷勤勤，浇得大地透心凉。这样的秋雨，方言里叫"淋雨"，我妈说得更直接：把天下漏了。我在床上坐着，这样又凉又潮的北国的秋，外头湿漉漉的，只有关门闭窗的屋里最让人心安。我把电视调到凤凰卫视时，一档音乐节目正在介绍莫文蔚的最新专辑，播着《他不爱我》的MV。画面里的男女主角长得奇奇怪怪，女孩脸上的雀斑点点可见。莫文蔚也不是传统意义上的美女。浸淫在王子公主故事里长大的我，对男女主角的审美绝对正统，所以当《他不爱我》的MV跳出来时，我一时怔住：这样的长相都能拍MV？然而MV的画面和莫文蔚的嗓音又让我不由得放下遥控器，仿佛被一种没有见识过却实在吸引人的光逗引着，想要一探究竟。画面里的莫文蔚呓语一样地唱着，似是自语爱得卑微，爱得无奈，爱得辛苦，却依然爱得心甘情愿。她的嗓音不甜，也不腻，有一种难得的独立和清醒在里面。所谓爱，在莫文蔚的声音里，哪怕卑微，也是一个人的事，难过也不祈求同情。在这个阴雨绵绵的秋日，我就这么一下子爱上了莫文蔚的声音。现在想想，我们这一代人在情窦初开的十来岁，为了给心底那点说不清道不明的愁赋新词，哪个不是循着港台流行文化一路走来的？一个人在童年和青少年时期吃得有点饱、穿得有点暖，最容易被小情小调裹挟进去。父辈们经历的物资匮乏难以想象，但艰苦的条件也让他们有了可供傍身的坚毅忍耐的品格。一代人有一代人之幸，也有一代人之不幸。

依然是这忧郁又自在的1998年，我一度迷上了越剧。

听越剧前，一百二十回的《红楼梦》已被我翻阅了无数次，大观园热闹生动的生活与同样青春孤独的我日复一日枯燥单调的生活形成了强烈的反差，以至于我觉得大观园连抄家都是值得的。那时理解理想与现实，觉得它们之间隔着的不是生活的沉淀，而是悲情的豪言壮语。于是读《红楼梦》，读唐诗宋词，读起来永远是不对味的，所以急切地想要超越生活本身，盼望着，盼望着翅膀赶快长硬，有能力去实现自己心中的理想生活。《红楼梦》里的生活有悲，有喜，有怒，有闹，但永远不会有平庸。我沉迷在越剧《红楼梦》里，越剧演员们的扮相、举止，舞台的舞美设计，将这部小说以最唯美的方式和最婉转的唱腔呈现出来，为我沉默压抑的1998年猛然找到了一个理想和现实可以对接的通道。一集一集看下去，我完全忘了数学、物理只考三十分的难堪和焦虑，忘了按成绩排名，我一直坐在班里最后一排。

很难用一个准确的词去形容我的1998年。抑郁，然而又自由；最难熬的日子，思想却异乎寻常地活跃。回想起来，好多好多都如烟飘散，不复原形了，唯有1998年的法桐、莫文蔚和越剧，在烟雾散尽后，愈来愈清晰。

日子就是这样。时光里裹着的人被无限拉长，逐渐形成一道白光，最终与时光汇成一个叫"岁月"的名词，记忆是它的常住客。记忆太过缥缈，物成了它的躯壳。

时光里盛着一个人的一生。辛酸的、苦涩的、甜蜜的、理想的。人马不停蹄地往前走，身后的日子也就越拉越长。慢慢地，时光里的滋味变得五味杂陈，沉淀成了人生的滋味。友谊路上的法桐是时光的使者，也是记忆的躯壳。它在，过往的日子就有了具体的意象，之前走过的路就有了准确的记忆。而那些年听过的歌曲、戏曲也是塑造我往后很多观念的具体声音，它们不再流行，但我依然在心里轻轻地、偶尔地哼一两句，提醒我眼下该如何选择，才是自己心里最想要走的那条路。

感谢二十五年前的法桐、莫文蔚和越剧。

窗台上的皮卡丘

　　书房的窗台上摆了一个皮卡丘造型的汽车摆件,太阳一照会摇头晃脑,发出"嗒嗒嗒嗒"的声音的那种。这是孩子痴迷《宝可梦》动漫的那阵子央求我买的,所以买回来后,他一度爱不释手。我嫌这玩意儿摆在汽车中控台上碍事,"嗒嗒嗒嗒"的声音听着也烦,便让他拿到车后座去把玩。小孩子性情变化快,玩了没多久,又重新喜欢上了"奥特曼"系列,于是这个浑身圆嘟嘟、脸上挂着可爱微笑的小黄胖子就从车上转移到了书房窗台上。放在窗台上也是有讲究的,孩子说,皮卡丘要见到太阳才能摇头。书房刚好向阳,一溜的绿植摆在这里,绿得耀眼。于是,这个会摇头晃脑的皮卡丘就被安置在了一众绿植中间,绿配黄,倒也十分搭调。

　　冬日暖阳于人心里总会留下比夏日晴空更妥帖温柔的

印象。12月21日冬至这一天,数九第一日,分外晴朗。暖暖的阳光轻柔地抚过窗台上的每一片绿叶,生机勃勃。早上十点多,阳光从绿叶中调皮地钻出来,一下子就照在皮卡丘嫩黄嫩黄的身上,这个不会说话的小黄胖子周身突然遍染金光。黄色在颜色物语中向来有活泼之意,太阳的照耀似乎激活了这个一动不动的小黄胖子,它突然开始"嗒嗒嗒嗒"地晃起脑袋来。我转头看它,它正叉开两腿,嘴巴咧得大大的,冲我傻乐。十点钟的阳光穿过薄云,越过窗台,从绿叶的缝隙中招手呼唤我,而这个黄黄的皮卡丘就是它的信使。

我的心一下子阴霾散尽,仿佛生活可以永远灿烂如此。

谁说不是呢?冬至已过去四天,每过去一天,离春天不是更近一步吗?

下篇 草色年年满故城

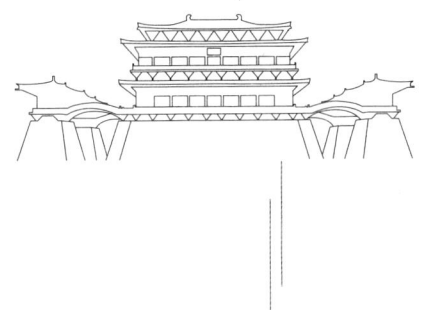

春晓园

我已经找不到春晓园的具体位置了。

大雁塔脚下的这个精致小巧的园子，我曾经和朋友周末压马路一路走来，如今开车过来，却怎么也搞不清楚具体方位。我纳闷：大雁塔历史文化街区改造的时候，春晓园没有被改造掉，怎么我硬是找不到曾经的那个园子了？

大雁塔脚下这片土地最先有"发达"的迹象，是率先盖起了别墅。最先注意到这几栋别墅时，我对住在离别墅区不远的大姨一家人说："北池头村已经奔小康了，别墅都盖起来了！"其时我并不知道别墅和大雁塔周边的几个村子半毛钱关系都没有，只觉得在一片苞谷地和村庄并立的大地上，突然冒出来的这一排排别墅相当突兀。但它们既是矗立在大雁塔脚下，那绕着大雁塔的村子一定和它们有某种隐秘的联系。在儿时的我看来，别墅和苞谷地的联系就是当年人人嘴里和心里都喊着的"奔小康"的美好愿望。我的童言引起大姨一家的哄堂大笑,后来还被当作玩笑话讲给其他亲戚听。面朝黄土背朝天的农民可不认为能轻轻松松地奔小康。

然而到底是轻松地奔小康了。

20世纪90年代末,风闻大雁塔周边要改造;千禧年没过几个年头,当时亚洲雕塑规模最大的广场就在大雁塔的眼皮底下迎来送往慕名前来的各路游客。2003年,我跟朋友在校门口坐21路车去大雁塔广场看音乐喷泉,挤都挤不到前面去。回来的路上,我无限伤感而矫情地对他们说:"没想到小时候随便去的苞谷地,现在成了要门票才能进的芙蓉园。"

春晓园是没有被拆掉的。它的精巧和雅致足以使其与苍黄粗糙的苞谷地区别开。兴庆宫贵气,莲湖公园疏朗,革命公园铁骨铮铮,环城公园长河绕堤,而春晓园位处曲江的"高贵"地带、精巧的结构和满园遮不住的娇红艳绿,注定不会随黄土地一起被改造得面目全非。我记忆中的春晓园面积不大,然而园子里回廊曲折,处处通幽,假山乱石,飞瀑清潭,一步一景,是当年这座城里为数不多的有自己独特风格的公园。当年的春晓园需要买票才能进去,不过票价也不贵,踏春赏秋时节,在这个小小的园林里，真可谓一日看尽长安花。我那时常和朋友春季来这里游玩，因为园里花草繁茂、桃红柳绿，哪个公园的春色都没有春晓园醉人。春晓园的春色是缓缓展开的，从初春的玉兰到暮春的牡丹芍药，在山石瀑布的留白处渐次开放，隔几天去就生出不同的景色，满眼都是一望无尽的春的欢快和希望。对春晓园的所有记忆，也停留在春天里。

如今，这座城市的边边角角都填满了四季流转的光影。春晓园与大雁塔的街景早已融为一体，不仅免票，而且不留心都不会发现自己正走在春晓园的四季里。大雁塔还是我曾经无数次路过的那座千年佛塔，但又不是我曾经无数次路过的那座千年佛塔；春晓园已经并入慈恩寺遗址公园内，不再是一个独立的园林，我花了很长时间，都没有找到三十多年前园门入口处的那方"曲江春晓"的碑石题刻。我开车从大雁塔脚下飞驰而过，抬眼看了看塔顶——若干年前，塔顶上长出一棵小树，人们都说，大雁塔有点歪斜，就是因为这棵树。车窗外的春晓园已经不是我记忆中的那座小巧的花园，但它在地图上的名字依旧是春晓园。

这座城每天都在悄悄地改变着她的容貌，然而好像这么多年来，她又没改变什么。

草滩

我一直没弄清楚草滩到底有多大。

住在城墙根的时候，我百无聊赖的日子是在老城区的老街旧巷里打发的。老街逼仄，抬头往往只能看见手掌宽的天空，一片云飘过头顶，都能被地上相向而立的两排旧楼切割成首尾两段，云儿们只能过街老鼠似的夹着尾巴飞快掠过。这座城市最让人引以为豪的就是它的历史，然而最沉重的包袱也是它的历史。老城区的偶像包袱太重，架子端着下不来台阶，也万万不能下来。新城区可就不同了，天高任鸟飞，海阔凭鱼跃。南边秦岭塞路，北边渭水泱泱，山阻水挡，通天大道要靠开山搭桥，东西一路则是平原开阔，一望无际，可以尽情尽兴地开车飞驰。草滩就是城北临河的一大片新城区。与草滩镇的行政概念不同，人们眼中的草滩是一片北接渭河，南到北三环，南北狭窄、东西宽阔的区域。这几年因住在城北，百无聊赖时，我便多在这片广大的区域内打发时光。

草滩大概是这座城市周边最广阔的一片草地。前几年湖水还在治理，生态景观还在规划修建时，草地独占渭河边最美风景的鳌头。车开出二环一路向北，不久就到了路宽人少的草滩。再往前开，就有连片的草地。三四月来这里，常看到远近赶来的大爷大妈们弯着腰，每人手里都拎着个塑料袋，认认真真地挖地上刚冒出嫩芽的野菜。这里天大地大，春天里的风没有遮拦地一股脑儿吹过来，吹得万物生长迅速，野菜也长得毫不收敛。我不识植物，常常羡慕父母辈认识这么多在我眼里都长着一个模样的花草。读了这么多年书，识了这么多字，我却连最基本的生活经验都没有。每每想及此，我都担心自己若生在饥荒年代，怕是早饿死或者误食毒草被毒死了。草滩的野菜长得肆无忌惮，野花也开得鲜艳热闹，一众樱李桃花都被它比下去了。那几年来草滩，只觉得草滩野得可爱，野得天真，野得俏皮。

2020年的春天，疫情稍缓后复工复产，人们出门还心有余悸，学生们还在家上网课，暂缓线下复课。那一年是我去草滩最频繁的一年，几乎天天都去。每天上午监督完孩子的网课，待他写完作业上传后，我们俩吃过午饭，就开车直奔草滩。周内人少，阳光正好。我寻着地方，有时是河边，有时是林子里的草地上，铺好垫子，拿出酸奶、水果，孩子带着他的书，我带上我的书，两人一待就是一下午。看书看累了，就躺在垫子上，或仰面看坦荡的天空，或蹲在地上看虫子在这大地上缓缓而行。孩子还带着他的速写本和铅笔之类的画材，画草滩上的野花野草。待日渐西斜，我们才收拾行李，打道回府。天天如此，直到五一后学生全面复课方罢。那一年虽被疫情打乱了生活节奏，但有了那两个月草滩花草虫儿们的陪伴，足以抵挡一整年人事无常所带来的不安。

这两年疫情反反复复，草滩不仅成了踏春露营的绝佳选址地，更是人们释放心理压力的缓冲地带。2020年以后，我愈来愈频繁地来草滩，草滩一路东西延伸，也接纳了更多来此散心的市民。今年来草滩露营、放风筝、烧烤的市民更是激增，稍晚一点，绝佳风景处早已车满为患。无数市民拖家带口，后备厢里放着炉子、帐篷、风筝等踏春打卡必需品，不停地或往西开或往东开，沿路越开越远，只为找一处人少的地方安营扎寨。"自顾无长策，空知返旧林。"生活不如意时，万物生长的那股冒失莽撞的劲头能让人再生出希望，哪怕只是一株野草从砖头缝里挤着挤着长出来。谁说弱小的生命抵不过宏大的历史？生命自有它以卵击石的勇气。草滩的野天野地间，随处可见万物生长的勇气。

春夏秋冬，四季的景色在人生困顿时兀自流转，不为人而悲而喜。草滩的风景从单调的绿草地到如今"孤鹜齐飞""秋水共长天一色"，变化太大。唯有草滩上生命野生的力量，一直没有变过。这股初生牛犊的力量足以支撑我度过人生至暗的日子，宽慰生活困顿时每一次想要放弃的心。

与厚重的老城区相比，草滩的新生是希望的力量，也是生命抛掉所有负担的一次轻装上阵。一路向北，临河而立，眼前展现的，是全新的生活。

21路

城是四四方方的,街道也横是横竖是竖。朝代的风云变幻牵引了皇城的迁移,城的囊括范围会有些许腾挪,然而两千多年来遗留下的城市布局基本未变。

这是最中国的一座城。

笔直的东西南北四条大街通往城外,以城墙为中心,延伸出城的交通网络,因此穿城而过的公交车,大多是东—西、南—北的顺势走向,且线路多集中在大街上。我最熟悉的21路车是老城区外一条南北—东西向的重要公交车,打我记事起,它就在这条线路上几十年如一日地跑着,除了终点和起点因近几年城市扩张而延伸线路外,没有任何变化。

21路原先南端的终点站是大雁塔。四十年前的大雁塔是城区与郊区的分界点。21路车行至此就算完成了任务，人们再要往附近几个村子去会亲访友，就只能徒步了。我姥姥家在大雁塔脚下的北池头村，21路车中间一站又恰好经过我家附近，所以坐21路车到大雁塔，再往前走约半个小时，就能到北池头。但是我从来没坐过21路车去北池头。路上没什么车的时候，人就特别羡慕坐在车里的人。我妈骑着自行车，车后座上载着我和妹妹两个人，经过大雁塔脚下的省委大院，被执勤交警拦下来，好心提醒我妈，一辆车后座上坐两个孩子很危险。我妈连忙刹住车，笑着向交警解释缘由。交警听后不再说什么，只提醒我妈下次不能再这样了。我妈赶紧道谢，推着车子继续往南走。路上，一辆21路车正好从我们身旁驶过，再过一站，它就到终点站了。

高考结束后，我一心想去云南，离家越远越好。2000年还要换算分数，估分填报志愿，相当于盲填学校和专业。我爸慎重地在志愿报上来回翻看，我提出两个要求：一不学中文，酸；二不学与数学相关的专业，难。我说要报云南大学，我妈说"太远，女孩子出去让人不放心"；我说要报历史专业，我妈说"毕业怕找不到工作"。我不再说话。到底还是报了本地的一所大学。分数出来后一对照，自己报低了。我并不灰心丧气，十几年读出来了，能一次走掉挺好，而且学校和云南大学的水平不相上下。9月开学，我背着书包，和我父母连拖带拎地拿着行李前去报到。上了家门口的21路车，刚站了四站，我爸就招呼我下车。我还没反应过来，人就连同行李一起进了大学校园的门。栽进书里的我竟没发觉这学校就在21路车的西线上，而且离我家如此近。那天，看着南来北往的同级校友拖着全部家当从火车站坐学校班车来到学校报到，我心里五味杂陈。

在学校待了七年，看校门口的21路车来来回回了七年。跟朋友去大雁塔广场看音乐喷泉，坐21路；去超市买日用零食，坐21路；陪化学系的朋友去丰禾路附近找肉铺老板要牛血，还坐21路；回家，更是常坐21路。全城的公交线路那么多，我的生活里仿佛只有21路。

工作后摆脱了21路沿线没两三年，结婚时的房子直接买到了21路的西边终点站。开始并没发觉，大概21路于我就是左右手，时间长了并不觉得陌生。后来西边往西发展开来，21路西边终点站从原先的站点往西又挪移了三站，南边终点站挪移到了更向南的公交调度站，中间主干线未变。公布站点延伸的消息后，我扫了一眼线路图，突然发现，原来我这前半辈子跟21路纠纠缠缠，从没离开过它。

三十多年来，这条线路随着城市的扩张，不断向南向西延伸。如今，它的南端是曲江文化区，西端是大兴新区，主干线上2号、4号、5号和在建的8号地铁线呼啸而过。老城区外的公交网络密麻如网，21路不再是唯一一辆可以抵达大雁塔脚下的公交车。三十年，河东河西。21路的车辆几经换新，司机们一茬接一茬地换，穿梭在桐荫蔽日的友谊路上。线路上原来不为人注目的大雁塔、小雁塔成了香饽饽，人们从四面八方赶来，为了从它们的身躯里窥见盛唐的万千气象，遥感玄奘西行的坚强意志。这条黄金线路上，好多人来了又走了，好多地方不复当年旧貌，我却记得它从最初到现在的所有模样。

我的一生，也许一条21路就交代清楚了；这座城的一生，不知哪条线路能交代清楚？

龙首原

关中八百里平原被山川河流环绕垄断，冷兵器时代，这片土地进可攻、退可守，入关后四野开阔的平原又极利于经济生产的恢复和发展，加之陆路交易是古代国际经济与贸易的主要交通渠道，建都于此不仅可以控制西北诸少数民族，又可得丝绸之路便宜。所以宋之前，在关中平原上围成的这座四四方方的棋盘都城，得天时地利人和，发展千年，"城气"不曾断绝。

城气，在这座城的老百姓眼中，来源于龙脉。龙首原就是这条龙脉的龙首。

其实，城的四周遍布土塬。如果说高山大河围出了一个关中平原，那么这些大大小小的土塬就围出了平原上的一座城。东边白鹿原，南边乐游原，西边咸阳原和北边龙首原，是最为人熟知的四座土塬。龙首原北依渭河，南眺秦岭，在隋朝大兴城的缔造者宇文恺眼里，它的六道岗就像是乾卦六爻，原上分布的宫殿官署即是按"九一、九二、九三、九四、九五、九六"的爻序布局的。汉代以未央宫为中心，在龙首原的西南方规划汉长安城。因此，原上的汉唐建筑遗址非常丰富。单就历史上不绝于书的宫殿而言，汉未央宫和唐大明宫已经足以让龙首原在两千多年后的今天依然贵气十足。陆续挖掘出的汉唐长安城各官署衙门的建筑遗址和地下文物，在气势如虹的两座宫殿面前，不免黯然失色。

后来的龙首原上，住满了平常百姓。人们在未央宫和大明宫拔地而起的土地上春种秋收、繁衍生息，闲时谝闲传，吹一吹自己脚下蹲着的地界曾是汉唐帝王显贵们的出入之地，无数宫车穿梭，宫娥过往，末了感叹"都随雨打风吹去"，起身拍拍屁股，继续过自己寻常的日子。住在这座城里的人带着与生俱来的历史感，仿佛出土的兵马俑，一身灰色来到这世上，埋没了千余年，再现人间后，有着繁华阅尽的沧桑与淡定。这是城的气质，也是这城里的人的气质。

恢复千余年前的未央宫和大明宫不仅毫无可能，而且没有必要。然而这两座宫殿的光芒又实在耀眼得遮挡不住，于是，龙首原东西两头的两座宫殿遗址摇身一变，化成了两座面积了得的遗址公园。园内草长莺飞，人们漫步其中，间或想起这里是汉唐历史风云际会的中心，抬头看一眼远处的前殿遗址，心头那首《临江仙》已经念了一遍。诗意，就这么不经意地在寻常生活中泛起波澜。

在这座城生活，每个人都是诗人，每个人都有一首自己的《临江仙》。

龙首原上曾经遍布的汉唐官署遗址也都随风而化，去实地看时，往往只剩下一个土堆，旁边一方石碑刻着某某遗址。偌大的遗址保护区内，除了一个个土堆，只剩下天与地之间的空空荡荡。什么都没有，然而又什么都有。于是低头看看自己的日子，如此真实可触，每一场欢笑和悲伤都浸在其中。与眼前被黄土埋没的辉煌相比，当下的生活每一分、每一秒都带着生命的温度，分外真切。那些最朴素不过的道理在眼前辉煌的映衬下，有了切切实实的附着。如烟般虚无缥缈的情感一旦附着在真实的日子里，一切煎熬都可以随时间的流逝得以承受，一切庸常都有了诗的意味。

历史成全了这座城，也成全了城内的诗意生活。

杜陵葡萄园

我是误打误撞找到杜陵这处葡萄园的。

城市周边有很多采摘园，草莓园最多，葡萄园次之。草莓一年四季随时可以去摘，大棚里的水果已经不辨四季转换，世界只有成熟一个季节了。葡萄需要阳光，大量的阳光吸进身体里，充满果肉的每一寸肌肤，果子才会饱满甜润。所以去葡萄园自采自摘，还是得等到夏末秋初的蝉鸣时节去才好。

山脚下的鄠邑搭了很多葡萄架，每年葡萄成熟的季节，园主们竞相在大路边支起招牌，沿路揽客。进山避暑的人们往往也会停车进去摘几斤，带回家尝个新鲜。也有每年葡萄成熟时，只在固定葡萄园采摘葡萄的人，比如我，每年只去环山路一户李姓老板家的葡萄园采摘。我不好吃葡萄，只不过李老板人好，热情，是老实本分的农民，透着亲切朴实的亲近劲儿。所以每年葡萄下来的8月，我只来他这里采摘。

也有搭了葡萄架，但不以采摘为业的葡萄园主。

夏末，我在城市周边四处找寻葡萄园。某点评网上推荐城南杜陵原上有一葡萄园不错，于是一大早驱车出城，迎着山，一路往南开。汉宣帝长眠的杜陵原是一片黄土衰草接连天的土塬，有一年冬天，我爬上封土堆，登高北望，忽然就咂摸出"南登杜陵上，北望五陵间。秋水明落日，流光灭远山"的意境来，只是嘴里念着，心里想着，却找不出更好的词句来形容眼前的景与情了。说起来，我们如今所写的何曾超过前人？几乎都是二手的罢了，真正好的、原汁原味的创新，古人几千年前都说尽了。这一大片文物保护地荒置着不太像样，在经历了四次大规模植树造林失败后，第五次的尝试终于换来了杜陵的万亩森林。杜陵因生态环境的好转，采摘园也兴盛起来。我按照导航的指示，一路寻来，不多久就到了杜陵原脚下。一路盘山而上，果然景色比前几年来时大有不同，一路绿意盈盈，生机无限，人看着眼睛舒服，心里也舒缓。缓缓开车来到塬上，我却傻了眼：按照导航提示，终点就在附近，可是我两只眼瞟来瞟去，始终不见任何挂有"葡萄"二字的采摘园。后车不耐烦地按喇叭催我，我只好在导航提示的地方继续往前开,让后车一辆辆赶超过去后,眼见着前面就是下塬的路了,只得掉头往回开。回到原地,下车找了一圈,还是不得头绪。索性关了导航,在塬上闷头乱转,心想就算找不到葡萄园,这塬上如今的景色逛一逛也值得。来回乱转乱看时,不经意撞进塬上一处还未拆迁的村子,穿村而过,村子尽头右手边猛然突兀而出一个小小的园林。园子在村路下方——塬上的地形高地起伏——比村子矮了一截,而且土路铺地,窄细如沟,仅可过人。园子的大门竹篱环绕,没有题名,但园门口就是几排葡萄架。架上绿藤环绕,裹着白纸袋子的葡萄犹抱琵琶,沉沉地坠在夏末依然似火的阳光下。这可真是误打误撞的不期而遇。我打量了一下周围的地势,便将车撂在村里一户人家的房后。怕人家出来吵嚷,我又把车特意停得规规矩矩。下车后,我沿着窄细的土路下到园门口。

门口大黄狗一通吠叫,引得一个中年男子出来寻看。我连忙说明来意,男人喝住黄狗,招手叫我进园。入得园内,才发现这小园子野趣盎然,别有洞天。

园子不大,但五脏俱全,门前那几排葡萄架不过是这园子的一处点睛之笔。园内的池子里,几朵荷花不舍热烈的夏,不肯败去;荷叶擎举,大如伞盖,叶下游鱼嬉戏穿梭,仿佛此刻有一丝吹上心头的一丝细风,看着看着,心就静了。池塘前后放养着白鹅和鸡鸭，它们旁若无人地散着步，见我走近，其中几只不过略抬抬头而已。园子中央用木头搭了个敞厅，厅四围皆用竹帘遮光，风吹过，帘子轻轻晃动，不似纱帘那样轻浮地上扬。厅内一张矮几，六个蒲团散放于四周。矮几前方一张琴桌、一个琴凳。桌上的琴是像古筝一类的乐器，我不识，问那男子，他微笑介绍说："这是古琴。"厅外木梯可以上到厅顶，站在厅顶，杜陵原四周的绿意虽不能尽收眼底，但也可收七八分了。园子北边辟了一方庭院，篱笆做墙，几间平房呈"L"形围着小院，园子当中的石桌石凳浮了一层隐隐的灰。院墙上除挂着农具外，房与房之间的墙上还挂着装裱好的画作。

　　男人是这小葡萄园的主人之一。见与我谈话颇为投机，他邀我到小院的茶室略坐一坐，品茗消暑。茶室不大，一张桌子占据了房间几乎大半的空间；桌上除茶具器皿外，再无他物；墙上挂着一幅水墨画。主人一边沏茶，一边与我闲聊。言谈间，他介绍道，这园子是他和几个喜爱古琴的朋友一同开辟的，初心是为了和同样热爱古琴的朋友们有一处共同切磋、品茗的地方，因此这里有时会举办小规模的古琴交流活动，邀请市内古琴界的爱好者一同切磋、品茗。我于是想当然地以为他是学音乐出身，或至少与音乐这一行当有关。然而再深谈下去，他却告诉我他是学画画的，院子里其他几间房子皆是画室，亦是他的教室，平时有学生来园子里写生作画。屋外墙上挂的几幅画作，有他自己的，也有学生的。这让我诧异极了。我诧异的并非主人既是画家，又好雅琴，而是诧异自己有心来找葡萄园，却无意撞进南山脚下的一处隐居之地。我笑问为何不在山里去寻个静谧之地，岂不比这里清凉幽静？话一出口，随即后悔自己出言莽撞。人到中年，事烦心杂，哪有那么容易就隐居起来？若这世上但凡有繁难的事情，自己先隐了，烦事又留给谁？人生的包袱，是自己的，总归是自己的，别人接不得，也接不住。倒是烦恼的心，或可托付给这园子释怀。主人只说，这里虽然离城近，但是地价便宜，来往也方便。我便知道他的意思，不再往下说了。

大黄狗禁不住正午的阳光，趴在阴凉处，用沉默对抗着8月的暑热；鸡鸭们踱着步，躲到风吹来的方向，偶尔"嘎——嘎"叫一两声，讨好过路的夏风；荷叶遮住了整个世界的燥热，游鱼们在水里自由自在，不"识"人间烟火。我登上敞厅的房顶，风就从塬上的藏身处呼啦啦地跑出来，吹得身前身后一片清凉。几排葡萄架上结着的一串串葡萄坠得藤蔓沉沉地往下耷拉，然而却是平静喜悦地往下坠着。我带着主人为我剪下的一篮子葡萄，道了声谢，悠悠然走出葡萄园，一头又扎进这座繁花似锦的城市，像一条小鱼，刚刚在阴凉的荷叶下歇息了片刻，又有了与这热闹的人间日久周旋的勇气和胆量。

后来再去找葡萄园，村子已经拆了，园子也没了。但我在杜陵原的一呼一吸里，依然闻得到葡萄的香气。原来，这座城的气息里从来不缺乏隐者的呼吸。

袁家村

有一年,在袁家村,深夜,突降瓢泼大雨。我在酒吧街坐着,看着,等雨停。午夜,经过小吃街,天上的雨水砸在地上,好多坑洼里聚满雨水。我低头时,夜空猛然一道闪电横亘天际,撕破夜幕,紧接着闷雷滚滚,在头顶震裂,随即声音越来越远,直至消失不闻。

就是从这一刻起,我做了一个决定:每年都来一趟袁家村。

很早很早就想写袁家村。

然而对袁家村已经熟悉到完全忘记它的全貌,所以又仿佛什么都说不出来了,无法下笔。

每年雷打不动地7月下旬去袁家村避暑,长则四五天,短则两三天。去年伏天在袁家村待的时间最短,因去后第二天张家界和南京相继出现疫情,我担心疫情政策临时调整，返家受阻，于是连夜打道回府。今年端午过后，天气反常，十分极端，6月里的气温竟然一路飙升至四十摄氏度，且已持续一月有余。手机通知每天不是高温预警就是气象灾害预警，小暑刚至，蝉鸣就入耳不绝，但在今年异常酷热的暑天伏热里，叫声显得气若游丝，完全不闻劲之气。还没来得及翻查日历，寻思这个月的工作安排，疫情又来了。官方宣布一周静态管理，我只好等待社会面清零后，看情势再考虑今年的袁家村之行。

自从2019年最后一次跨省游后，这几年来，我的暑期出行完全依赖袁家村。

2019年前，每年也都是要去袁家村的，但不过是暑期大的出游计划中的小点缀而已，或者说，出游前先去一趟袁家村，是为了把自己从工作和生活中抽离出来，完全地放松下来，为8月份的出行卸下生活和心理的一切负担。袁家村各种民宿的舒适惬意和村里便利干净的吃吃喝喝，最能让人不去多想而彻底放松下来。去袁家村，我喜欢走国道。在高速路上开车会让人不由自主地精神紧绷，既然是去放松，一只脚踏出家门的一瞬间就应该呈现出无牵无挂的状态。进秦岭的国道有些路段不好走，但是在关中平原就万万没有路不好走的情形。

风生水起的民宿也各有千秋。第一次去住的"时光里",炕房。其实是农家乐。后院是餐厅,吃住不用去小吃街,很方便。店主平时很少来,雇了村里的人帮她照看生意,客人有事直接微信联系。后来每年过来就更换一次住处,网上口碑好的几家民宿,一一都住过,新开的民宿自然是更好的。我也不知道别人年年在这个村子里逛来逛去有没有兴味,我却入迷似的逛不烦。其实村子本身很小,而且连年来这里逛,商户年年有新驻,但老商户永远都在原地待着等你,就连村子里最微末不留心的地方我也都逛到了,可就是不厌烦它。前年进村,村里修了一座小庙,沿着楼梯顺势而上,一楼供着土地,二楼供着道教某位神仙,许多人的红色许愿带挂在庙门前;去年进村,村里往外扩建的商业街终于有了人气,商家入驻的比之前多了许多;不知今年有什么变化。

袁家村每年都在它的身体底子上更新着自己。

我总住在离小吃街近的民宿,方便觅食。秦琼墓底下的酒吧街不长,白天不怎么营业,日暮时分各个酒吧才浓墨重彩地敞开大门,吐纳袁家村里夏夜不眠的男男女女。茶馆不必非要等到买醉的人就位了才开门迎客,炉子上滚烫的热水,保证点上一壶茶,马上就能喝到一碗红亮似琥珀的茯茶。这三处是我每年去袁家村必要日日晃悠的地方。在小吃街的某家民宿撂下行李,略略收拾休整一番,便不顾炎热一头扎进小吃街；头天晚上去酒吧街消磨至深夜，听驻唱歌手们亮着各自的嗓子，声音混在一起，穿透了袁家村头上深深的黑夜；第二天下午太阳微斜后，出门去茶馆，要一壶茶，听戏，聊天。不在屋里待着时，就去逛已经逛了无数次的各个商铺，尽管铺子里很多商品多少年了还是那几样，我也不买，然而看着、逛着，心里是松快的。

于是，村里的铺子总也逛不够。

这两年袁家村变化很大，如今它已涵盖了吃喝外的玩乐，但新开辟的商街太新了，新到还没有沾染上袁家村朴实的气质。与老街相比，新街新得很不自然，看起来与其他仿古街区一样，既无异也无趣。但我从心底相信袁家村的变化是积极的，它延伸出去的新总会在不久的将来纳入村子的版图，呼吸间不知不觉地吞吐出九嵕山的灵气。

世间万物，不过沧海桑田，让人常生幻灭。这方小小的村落于我却是大大的宽慰。无论命途是顺是艰，袁家村在它命定的路上始终行走着，始终一路往前。想到此，我便宽容了它近年激进的脚步和看着不甚搭调的店铺在扩建的街区匆匆疾走。幸运的是，急切向前的步履并不曾改变袁家村骨子里的缓慢，那些藏在皮影里的光影和酒吧街的夜空，依然是袁家村不变的骨气。这样的慢使村子有了底气，使来到这里的人也有了底气。那时常在我心底徘徊的幻灭感和被生活所缚的紧张感，只有在袁家村细细的流水里才能消弭无踪。

这村子无数的物，承纳了我无数的愁。这称不上乡愁的愁，是我对生活了四十多年的故乡无限的爱与哀愁。也只有在袁家村，这愁绪才有了落脚点和归属地，才会让我放下负担，在被光阴晕染的村子里的物什上，找到平静。

城墙

今年春节,我生平第一次绕着西安城墙走了圆满的一圈。

说是走,其实是坐城墙景区的电瓶车。大年初三,尚在六九乍暖还寒时节,天气却很暖和,春意格外张扬地弥散在城市的各个角落。前一天刚刚下过一场雨,将大年初一压在城市上空的沉沉的雾霾一扫而尽,才有了这难得的好天气。中午与父母吃过团圆饭,妹妹要带孩子去逛城墙上的灯展。我家就住在永宁门附近,与城墙近在咫尺,吃完午饭,回家也无事可做,我便与妹妹一同带着孩子们去城墙,权当消食。

今年号召就地过年的缘故,西安大小景区少有外地游客。大年初三的城墙,虽然人多,但拥挤程度我尚能接受。我在朋友圈看到,晚上的城墙,各色花灯亮起来后,游人挨挨挤挤，摩肩接踵。

城墙于我，太过熟悉，要不是无事可做，怎么也想不到"偷得浮生"的这"半日闲"，我会来爬城墙。春节期间的城墙，小南门至和平门一段，一路花灯璀璨，是灯展的举办地。城墙灯展，已经是古城春节的传统节目。记得我上小学时，有一次春节，走访完亲友后，父亲联系了他的朋友，带我们从城墙另一入口处上去，不用买票就可以看灯展。父亲的这位老朋友当时在城墙景区工作，所以可得便利。我妹妹同父亲一路，我同我妈一路，分别骑着自行车去城墙。可是到了那位叔叔说的城墙入口处底下，却四下无人，不见父亲、妹妹和其他亲友的身影。那时过年，讲究在家待着，很少会有人在过年的夜晚出来游荡。那会儿又没个手机，我们娘儿俩就这么在漆黑的年夜里干等着，冷风灌进脖子里，越待越冷，我心里越等越怕。我妈脾气急，火气大，一气之下决定不看灯展，带着我骑车回家了。我清楚地记得，回家之后，我妈赌气洗起了衣服，等她衣服洗完了，气消了，我爸带着妹妹也欢欢喜喜地回来了。我妈刚消了的气又上来了，生气地质问我爸"死"哪儿去了，咋不见个人影。我爸一脸蒙，解释说崇德（父亲那位好友的名字）说在某某处等，没见我妈。我妈则信誓旦旦地说她带着我就是在此处等的。绕来绕去，是我妈弄错了地方——我妈一上路大脑就进入了不在线状态。城墙的灯展就这么第一次在我头脑里留下了深刻的印象。

第二次逛城墙灯展，是初三那年。我的中学离城墙文昌门非常近，那时都是按片区入学，所以我们学校的学生，大多住在文昌门和和平门附近。初三的时候，班上的很多同学开始偷偷摸摸地谈起恋爱来，即便没有恋爱，每个人心里也或多或少都有自己爱慕的男女生。我第二次上城墙看灯展，是同桌邀请的。那会儿年还没过完，但是已经开学，没几天，就到了正月十五。早上，我的同桌问我去不去看城墙灯展，他有票，我不假思索地就答应了。晚上刚吃完饭，同桌就在门外叫我，我急急地跟爸妈打了声招呼就往外走。这次很顺利，几个同学一起去的，上了城墙，一路逛，一路说说笑笑，青春期的少年，看灯展太"老套"，不过是要有个社交的地方而已。我们一行几个人两两散开，其中有两对恋爱的男女朋友，一上城墙就自动脱离大部队，不知钻到哪儿去甜言蜜语了。走着走着，那几个没有恋爱的同学也"消失在人海里"，就剩下我和同桌两个人在流光溢彩的花灯里穿梭。我俩话都不多，有一搭没一搭地聊着，反正两个人的心思都不在花灯上。同桌似乎有话想跟我说，正要开口，我说："怎么这么快就完了？"往前一看，可不是，灯展在和平门戛然而止，后面长长的城墙一路漆黑，似乎永远也望不到尽头。同桌改了口，说："那我们往回走吧。"我俩折返，一路无话。

第二天，前夜同行的朋友惊讶地对我说："你俩怎么那么快就逛完下去了？"

这后来的二十多年，我再没有逛过城墙灯展。

二十多年，这座城市的变化太快。快到我以为自我出生起，它就是这个模样，没有变过；快到回头看这二十多年，才发现太多事情已经改变，不会重来。好在，有一些事，从未改变过。

带着孩子坐观光车逛城墙。车子在东、西、南、北门停留。用方位称呼四座城门是简便的叫法，实际上，这四座城门分别叫作长乐门、安定门、永宁门和安远门。观光车一路低速行驶，时不时鸣一两声笛，提醒骑行者避让——骑行和逛灯展一样，也是城墙的保留传统，只不过骑行一年四季皆可，灯展则只能在春节期间目睹。我坐在观光车上，漫不经心地看着眼前完全没有陌生感的风景。车子行到玉祥门，我指着城墙下不远处的"张骞出使西域"雕像，对孩子说，到家了。忽而想到，我这几十年的生活，居然从来没有离开过城墙的陪伴。我的童年是在文昌门外的文艺路附近度过的，三岁那年趁我爸不留意，牵着妹妹出去玩，一走就走到了文昌门下。幸亏当时一个国营食堂的大叔警惕，见两个小孩子没有大人陪伴直往前走，赶紧叫住了我，这才避免了我和妹妹走失的可能。我妈说，她下班回家见到两个孩子不见了，满大街找，到处找都找不到，人都疯了。1997年，最后一次福利分房。我爸那年刚调到新单位，按说分房这种好事轮不到我家。我妈找三姨父帮忙，挤着挤着给我家分了一套单位旧房，三楼，六十来平方米，好歹住进了楼房。新房离老屋很近，就在南门脚下，我家也就从文昌门移居到了南门。2000年，我上大学。说起来有意思，我特别想上大学的念头是1998年读高二时才有的。1998年，北约轰炸中国驻南联盟大使馆，大学生示威游行。大学生们要经过城墙最重要的门——永宁门，即南门，然后才能前往省、市政府所在地西华门。大学生经过南门时，我正好在家门口的小店买东西。大学生们举着横幅，一路高喊口号，此情此景让我这个十六岁的高中生心潮澎湃。看着历史书上五四运动时学生抗议的图片在眼前真情实景地再现，哪个热血青年能不热血上涌？我眼见着游行队伍从我身边经过，进了南门，心里第一次升腾起对"大学生"一词由衷的崇拜和羡慕，第一次想要成为大学生中的一员，享受那份自由和自豪感。2000年，我总算如愿以偿。

老实讲，第一次进入大学校园，我的心里非常失望。学校坐落在城墙的西南城角，属于市区黄金地段，也因此，它的校区非常小。我梦想中的大学是要坐上火车，带着梦想，不远千里奔赴的目的地。然而因为我妈不愿意让我"带着梦想"，我放弃了历史学；不愿意一个女孩"不远千里"，我又放弃了第一选择——云南大学。9月报到，我拎着行李，怀揣着缩了水的梦想，坐着21路公交车来到学校。仅仅四站路，我就下车到了学校，你能想象这对一个十八岁的年轻人来说，有多么失望吗？我很后悔报志愿之前，没有到校园参观一下，否则无论如何，我也不会报考这所大学——尽管它是211院校。我在城墙的西南城角旁学习生活了四年，就连彼时的男友，家都在建国门。城墙就像一个紧箍咒，箍住了我二十几岁几乎所有的雄心和梦想，约束着我的行为，并使之成为我生命的底色。现在想来，我读研时的男友是江西人，毕业后去了广州、深圳，后来落脚上海，如今在杭州创业。也许我看重的并不是这个人，而是他如此丰富、奋进、多姿多彩的生命底色。我的色彩，就像他讲到下火车后第一眼对西安这座城的印象一样：灰色。一切都是灰色的，灰色的天，灰色的地，灰色的墙，灰色的人。

2008年至2010年，我完成了就业、结婚两件人生大事。单位坐落在市区黄金地段，所以自然而然地，办公室离城墙很近。这回，我的生活半径从城南移到了城北，从永宁门一路向北，来到了安远门。其间反反复复，单位的办公地点最终依然留在城墙脚下。丈夫婚前就买了房，婚后，我们就一直住在这里。房子在玉祥门附近，每天上班时，我都能经过张骞像。坐在车里，看着张骞，想象着他远赴西域的种种经历，思潮翻涌，表面却波澜不惊。

就这样，几度春秋，我依然没有离开城墙。二十几岁时的激情和梦想，是否已经被灰色的城墙禁锢？我不知道。我想，在古城成长起来的人，恐怕对这座城的情感都在逃离与留下之间不断做着选择。我的很多外地同学，对西安的第一印象非常不好。没有颜色的一座城市总是少了点活力，大唐不夜城璀璨的夜灯也冲破不了沉重的、灰色的历史感。然而在西安求学生活多年后，当他们要离开西安时，今后在其他城市的日日夜夜，他们又都会时时想起西安，想到它沉重的灰色。我没有离开过西安，没有离开过灰色的城墙，我的心里只有它对我的束缚，即使今后或许因机缘得以生活在其他城市，我也会带着城墙一起离开。它已然注定不会消失在我生命中了，因为我就是它，它就是千千万万个我。

我与我周旋久矣。直到绕了城墙整整一圈后，我才意识到，它对我生命的影响，早已浸润肌肤，只是我不愿意正视这个事实。当我指着张骞的雕像，对孩子说快到家了的时候，另一个我毫无征兆地突然跳出来，在我对面站着，看着我。那一刻，我知道，我这辈子都逃不开这座城了。我不愿意面对的事实终究会面对面地告诉我，所谓宿命，是人生每一道关口的选择成就的。与其自我纠结，不如坦然接受自己的选择。你看，灰色的城墙装点上火红的灯笼，有多美！你还可以选择在生命的底色上，涂上一两笔鲜艳的色彩，为它点缀，为它增色，而不必舍弃它。

万物复苏。城墙脚下的环城公园修葺一新，迎春花都开了，黄灿灿的，映着灰色的墙体，既不夺走城墙稳重的个性，又兀自芬芳，多么和谐。

感业寺

初夏的早晨，轻风拂耳，阳光不骄不躁，真是一个让人身心都愉悦的季节。我从西安北客站送站出来后，沿着朱宏路一路向南，巍巍秦岭依稀可见。因修路之故，朱宏路颇为拥堵，行至石化大道附近，我被夹在车流中间，等待通行。忽而想起几个月前为了吃到新鲜的草莓，在网上找到丰产路一家点评率甚高的草莓园时，竟在附近意外地发现了大唐感业寺的遗址。当日因带着小孩——小孩对于路边这么一间破旧寺庙的兴趣显然不如一筐草莓来得热烈——也就只扫了一眼，便匆匆而过。今天又走到这里，且在拥堵，不知何时放行，索性一个右转，一头扎进丰产路，沿着这条村路一直向西开，不多久就到了感业寺门口。

感业寺的名气是附着在中国历史上唯一一位女皇的

光环下的，在这座曾经的大唐皇家寺庙里，女皇度过了她人生最低谷、最暗淡，但也是最具有转折性的五年。感业寺旧址在如今的感业寺小学内，丰产路上的寺庙由周边村民在感业寺遗址东侧复建而成，接续着"大唐感业寺"的香火，保佑一方百姓安居乐业。如今的感业寺，虽仍冠以"大唐""皇家"字样，但无论从哪个角度看，它都不复盛唐时皇家寺庙的恢宏气度，已然是一座村级小庙。山门就在路边，一目了然，但它的简陋也不容易吸引路人的目光。门楣处有"感业禅寺"四字，两边红色寺墙上的黄色大字"大唐感业禅寺"和"南无观世音菩萨"在路旁的绿荫下闪耀着昔日的光辉。

寺门口的一座石碑，记载了感业寺的历史风雨。由此可知，感业寺原本为隋太师申国公李穆别宅，夫人元氏将其立为修养寺院，贞观年间，唐太宗将感业寺与隋秦孝王杨俊家宅所立的济度寺合二为一，扩建成唐代禁苑西部一座盛大的皇家寺院。而从遗址出土的文物推算，感业寺前身或可早至北周武帝宇文邕时期。若从那时算起，眼前这座不起眼的小小寺庙已有一千四百多年的历史了。感业寺由辉煌而至没落，沧桑岁月于历史的记忆不过是转瞬繁华，长久寂寞。佛观世界，当是看破了红尘轮回并无鲜事，方能守得本心，悟得真谛吧？

入得山门,抬眼便见"大唐感业禅寺"的高大门楼。楼身破旧而简单,檐上二龙戏珠的石刻,证明了这座寺庙曾经的皇家身份。偏门檐上石刻的"般若"与"解脱"是典型的佛家用语,正门的对联"佛法广大邪恶不善皆触放;得法应乐人间富贵何堪比"字体圆润,笔力劲健,观之有"外圆内方"之感,也如佛教要义,即以谦卑平和的观世态度,守住人的本心。从这一点来说,佛教与儒家的思想在内核上不无相通之处,或许这也正是在诸多传入中土的宗教中,唯佛教得以立稳中原并发扬光大的根本原因。

绕过门楼,其后却不是殿堂,只在正门背后中间处供有一尊佛像,并有一副对联题写于此。联上内容我未曾用心去记,只在印象中记得上联明白无误地说明此处为皇家礼佛的高贵寺院,以此更加强调感业寺如今虽身处离繁华颇远的村寨中,但它曾经的辉煌和高贵不能被抹杀,倒生出一种贵族落魄潦倒,反而喜欢追忆往昔富贵日子的可笑来。门楼好似一架屏风,使游客、香客及礼佛的人不会一进门就将寺中景物一览无余,非要绕过它,才算是进得正院。两旁的放生池久枯水浅,不免使人无端生出"雕栏玉砌应犹在,只是朱颜改"的叹息。

入得正院,一鼎香炉内的轻烟正袅袅升腾,佛香的气味熏染了道旁的一丛修竹,使这些挺拔不屈的筋骨平添了高洁出世之气。入神之际,院内一位老人蹬着脚踏三轮车缓缓地骑过来,见我抬头正在看那轻烟融入蓝天中,老人停住车,和我打招呼。聊了几句后,老人蹬着车慢慢离开,我信步来到两旁种满花草的正殿。

大雄宝殿里无非供着佛祖菩萨之类神灵的塑像,没有什么新意,也可见得平时来这里上香拜佛的人们都是些普普通通的信众——塑像已经陈旧积年,色不亮、颜不丽,可知供奉有限。大殿出来的两旁厢房也供着几尊佛像,室内干干净净、亮亮堂堂的。大殿房檐下,燕子的啾鸣声响入天际,轻盈的身影时而飞起、时而降落,在这蓝天红瓦的颜色中,婉转着自己矫健的身姿。"晨钟暮鼓惊醒世间名利客;经声佛号唤回苦海迷路人。"燕儿日复一日、年复一年地盘桓在大雄宝殿的屋檐下,瞧着日日前来礼佛的普罗众生,是否会庆幸自己今生生而为鸟,好过生而为人?佛祖的法眼穿越红尘繁华,又度了几人回头是岸?

这一世生而为人,富贵或贫穷,热闹或冷清,都不过是无边苦海。该自己还的,佛也帮不了你。

大殿外的两旁有晨钟与一座玲珑小巧的七层塔楼,两者皆是精巧的模样。沿着楼梯拾级而上,那口大钟放在亭子的正中央,四面有些座椅供人休憩。敲上几下钟,回身坐下，耳边隐隐飘来"南无阿弥陀佛"的佛乐声，似有若无，低唱浅吟一般，让人沉迷其中不自知。微风从亭子敞着的四面传进来，流遍全身。天高云淡，阳光正好，钟声飘向悠远的天空，渐渐消失在天涯尽头。天地不语，唯有若隐若现的佛乐声与檐下燕子们的轻声呢喃共享此刻沉静。

从感业寺出来，将近中午，寺外的道路两旁绿树成荫，亭亭如盖，遮挡着不宽的马路，滤掉了太阳多余的光热，使这座载着故事的禅寺于闹市中维持着千年以来的一份自在与宁静。回身看，感业寺愈发显得拙朴简陋。然而一代又一代活在这座城市的人生而死、死而生，在尘世间来去匆匆，只有她，无悲无喜，安然依旧，曾经的辉煌与现世的繁华都与她无干。

她，只是一座普度众生的寺庙。

长陵与未央宫

未央宫，西汉皇家宫殿，诸帝朝会之所，今址在西安明城墙西北三千米处。

长陵，汉高祖刘邦与吕后的合葬墓，周围陪葬者为西汉开国之初留名青史的赫赫人物，如萧何、曹参、周勃等。今址位于咸阳市窑店镇三义村。

2017年盛夏，我头顶烈日，在四十摄氏度的高温下驱车分别寻访这两处古迹，所见不胜唏嘘。

未央宫，如今被包围在几个城中村中，成了一片野草疯长的空地。早在2014年，汉长安城未央宫遗址、唐大明宫遗址一同列入中国、哈萨克斯坦、吉尔吉斯斯坦联合申报"丝绸之路：长安—天山廊道路网"世界文化遗产项目，所以如今看到的未央宫遗址，是很多村民已经搬离了家园后的景象，由此亦能看出这座曾是西汉帝国中央枢纽的宫殿，在岁月的沧桑巨变中，早已成为平民百姓的寻常住地。

未央，夜未央。

长安城中部偏北的咸阳原上，长眠着西汉王朝十一位皇帝当中的九位，特别是渭北平原上的五陵，即长陵、安陵、阳陵、茂陵和平陵，后人称之为"五陵原"。唐人作诗喜用汉代典故，因此唐诗中多有以"五陵"入诗的句子，亦用"五陵豪侠""五陵少年"指称那些在长安街头竞相豪奢的贵族公子。

我带着唐诗流传下来的翩翩意境，前往五陵原上的长陵，结果却吃惊不小。原本以为这个从泗水亭长白手起家，开创了与罗马帝国并肩齐名的西汉王朝的君主，他的身后功名即便不如开疆拓土千里，马踏匈奴漠北，打通西域丝绸之路的武帝，至少与其孙景帝一样值得后人纪念，然而两千多年后，我这个平凡的人，于高温烈日下爬上长陵的封土堆，极目四望，竟有如秋冬般的高远寂寥之感。

它连个景区都不算。

从未央宫遗址的保护范围来看，这座宫殿当年的占地面积极大，宫室楼宇多如牛毛，帝国的内政外交均出于此，宫娥美人也曾回眸百媚生。晴好的天气里远望四周，城南的秦岭巍峨连绵，是上天赐予这座城的天然屏障，城北的高原随势起伏，把守着北边的门户。这片荒草满目的空地上，也曾经历了一个帝国的盛衰荣辱，见证过汉宫种种传奇的人与事。汉匈两个民族的厮杀、融合，张骞出使西域的开拓、振奋，司马迁、班固秉笔写史的正直、坚持，卫青、霍去病抗匈的勇猛、无惧，还有那戚夫人的美貌，钩弋夫人的"留子去母"，赵氏姐妹的荒唐，王莽的愚蠢……显赫一时的大汉帝国上演完一个民族的传奇后，黯然落幕。

在这座充满历史的古城里，往事多得不能像古希腊那样，用《荷马史诗》装下所有零碎的故事，于是，它把故事写成了诗，刻在岁月的砖墙上，嵌进城内的角角落落。

当我站在刘邦与吕后两座墓穴的封土堆上时，想到脚下就长眠着那个"流氓皇帝"刘邦和制造了"人彘"惨祸的吕后，不禁悲从中来。临近正午的烈日把天地照得一片惨白，两千年前恢宏的地宫陵寝在战火与风雨中遭到侵蚀、毁坏，可怜得连一片瓦当、一个陶俑都没留下来。如今，只剩下土黄色的封堆孤单地圈围着墓穴，陪同地下的死者阅尽烽火连绵，世事无常。死者已矣，即便生前辉煌一世，死后又能做什么呢？连一个盗墓者都阻止不了。

从吕后的封土堆上下来，我看见一位老农推着破旧的自行车，从低处缓缓走上来。他经过我的身边时，用诧异的眼光看了我一眼：几个死人的墓穴，有什么好看的？

据说，宇宙大爆炸的起源比字母"i"头上的点还要小，而在不到一秒的爆炸瞬间，宇宙便诞生了，自此后，一切都无边无界，无时无刻。地球不过四十六亿年的历史，生命的诞生不过三十八亿年前，人类从茹毛饮血到敲开文明的大门，不过须臾之间。我站在西汉帝国的宫城和墓葬遗址上，向后看，这条路很长很长，向前看，却不过俯仰之间。一切终将回到最初那个点上，安然进入虚无。

长陵空寂寞，未央今何在？几千年山河往事，该发生的总会发生，该逝去的早晚都会淹没无迹。好在我们这个民族有写史的传统，除去凌乱的君王记事，历史的真谛是那不以个人意志为转移的自在运行。不以物喜，不以己悲，无论是积极投身者还是不由自主者，都被历史裹挟，顺流而下，万江归海。

人类历史的全部意义，就是在进入虚无以前存在过，创造过，然后才被毁灭。或者说，人类和他的文明存在本身，就是洪荒宇宙的一个传奇。

此生长乐共未央

读书的时候,我有一个江西的朋友来西安求学。火车一路向西,他安静地望着窗外倏忽而过的一排排树木,穿过一座座黑黢黢的山洞,挨过硬座车厢吵吵嚷嚷的喧哗,激动地梦想着终于可以看到"春风得意马蹄疾"的长安城,并且能在这座城市求学,或许有一天,他也能"雁塔题名",千古流芳。年少轻狂,而这份轻狂一定要一座包容力强大的城市才收服得住。他选择了西安。

一下火车,他被眼前的景象震惊得说不出话来,站在火车站外,默立良久。眼前的西安与他心目中的长安差距太大了!他对我说,自己像是一个带着滚烫的心飞奔到暗恋的姑娘眼前的痴汉,结果情人近在眼前,他才发现,爱情最好的距离是远观,是想象。他对我形容:第一眼见到西安的颜色,是灰色。一切都是灰色的:灰蒙蒙的天,灰蒙蒙的地，灰蒙蒙的雨，灰蒙蒙的兵马俑，还有灰蒙蒙的人。他的心在见到火车站的"西安"两个字时，瞬间跌到谷底。

这番曲折的心路是我的朋友四年后才告诉我的。其实，不要说他从江南春城一路向西，乍见黄土古城，这番南北自然景象的对比足以令他惊讶，就是我这个土生土长的关中人，在"为赋新词强说愁"的年纪，也不免讨厌西安城单调的色彩和日日年年吹得人灰头土脸的西北风。我的朋友对西安的情感逐渐深厚，是在他遍访古迹，尤其是当他的双脚实实在在地踏上史书中记载的人物生活过的宫殿遗址后，才对这座城市有了深入的理解与深沉的爱。

长乐宫的欲望与纠缠

西安这座城的历史从哪里说起呢？严格说来，作为都城的西安，应该从西周定都镐京开始，然而中国历史上第一个规模完整宏大、奠定了后世都城典范的遗址，当属汉长安城。以城墙建筑作为参照，汉长安城城墙完工于公元前190年，"面积是公元300年建造的罗马城的2.5倍，是公元447年建造的拜占庭的2.87倍，是公元800年建造的巴格达的1.13倍"。城内最重要的两座宫殿，长乐宫与未央宫，是整个汉长安城的中枢，也是当时整个中国的心脏。

长乐宫是在秦兴乐宫的基础上改建而成的。始皇横扫六国，一统四方，创不世之丰功伟业，渭河北岸的咸阳都城已经容纳不下千古一帝肆意膨胀的欲望与野心。"表南山以为阙，引渭川以为池"，何等气魄！恐怕也只有登上南山峰顶，眺望无限江山，才能让始皇在过眼云烟般的虚荣幻象中认定人间值得留恋，想要摆脱生生死死，长生不老。兴乐宫跨河而建，与渭河北岸的咸阳宫遥遥相望，中有横桥，连通南北。秦二世亡后，又经历了四年楚汉战争，天下纷纷扰扰，秦国的宫殿几乎毁坏殆尽，刘邦接手过来的一摊事业，东墙破西墙漏，百姓流离失所，且因秦大兴土木、徭役苛重而至亡国的历史教训如警钟长鸣，时时醒人。故此，当娄敬建议刘邦定都长安，谋士张良也极力赞同后，高祖决定定都关中。

渭河南岸的兴乐宫在历年的战火纷飞中也破坏严重，但比起秦朝的其他宫殿来说，尚可修复。汉高祖五年（前202），丞相萧何主持营修兴乐宫，建成后，更名为长乐宫。高祖七年（前200），长乐宫建成后，西汉王朝的中枢机构才从栎阳迁都长安，在未央宫建成之前，它成为西汉令出权重的唯一宫殿。尽管未央宫在刘邦生前就已经建成，但是直到汉惠帝以后，皇帝们的起居之所才移往未央宫，所以汉高祖时期，长乐宫对时局的演变至关重要。

第一女主吕后

中国历史上的几位重要女性，刘邦的结发妻子吕雉可拔得头筹。在吕雉呼风唤雨的后半生里，长乐宫的一草一木默默见证了她的果敢、她的阴鸷、她的荒唐和她的恐惧。

关于吕后和戚夫人的恩恩怨怨，史书诗文历载不绝。也许当吕后擅作主张，将汉初三杰之一的韩信谋杀于长乐宫以后，刘邦对这个糟糠之妻已经突破了"贤内助"的认识，惊异于吕后手段的强硬果敢和阴险狠毒，故此，在废太子一事上失败后，刘邦隐隐对戚氏母子的性命前途感到担忧，千方百计地为心爱的女人和儿子安排退路，希望他们不会落在吕后的手中。刘邦命建平侯周昌任赵地相国，要他拼了命保全赵王刘如意。千算万算的刘邦怎么也算计不到，他死后才没多久，吕后就轻而易举地绕过周昌，将戚氏母子毒杀、虐杀。

想来，吕后对刘邦是极度怨恨的。她在青春貌美的时候嫁给年纪长她许多、只是个泗水亭长的流氓无赖，只共同生活了几年时间，刘邦就落草芒砀山，之后两人的生活轨迹便很少有交集。吕后为刘邦经历了战争离散、入狱为质、差点被项羽烹为肉羹的艰辛，再度回到丈夫身边时，却发现他的周围早已莺莺燕燕环绕。从史书记载来看，吕后是一个隐忍但阴鸷的女人。所谓"君子报仇，十年不晚"，吕后的清醒在于，她知道只要刘邦在世，她就只能依附刘邦，保住来之不易的人生富贵。所以她可以忍受任何一个美女在刘邦面前晃悠，只要不动摇她的皇后之位，不动摇太子地位，她都可以忍。其实，吕后和刘邦共同生活的时间并不长，俗语说"见面三分情"，所以再次共同生活的刘邦和吕雉，与其说他们之间还有爱情，毋宁说两人是政治伙伴的关系更为恰当。这也可以解释为什么吕后在刘邦在世时能容忍他身边的女人，而当戚夫人立意夺储，吕后立刻调动朝中重臣功臣，迅速扑灭了刘邦刚刚萌生的换储心思。《史记》记载"吕后最怨戚夫人及其子赵王"，一个"最"字恰恰说明了吕后对戚夫人的怨恨不仅仅是女人间的夺夫之争，更牵涉到夺位之争。刘邦死后，戚夫人立刻被吕后囚禁在长乐宫的永巷。戚氏舂米而歌：

子为王，母为虏，终日舂薄暮，常与死为伍。相离三千里，谁使告女。

吕后大怒，即召赵王刘如意，相国周昌竟无力阻挠，连惠帝万般谨慎守护也保护不了同父异母的弟弟，致使十几岁的赵王被吕后灌下一杯毒酒，死于非命。吕后的嚣张可见一斑！毒杀了刘如意，吕后变本加厉，又导演了一出惨无人道的人间悲剧。

太后遂断戚夫人手足，去眼，辉耳，饮瘖（暗）药，使居厕中，命曰"人彘"。

这种虐杀手段不仅闻所未闻，而且让人极度不适。《史记》中对戚夫人被虐杀的记载仅仅二十四个字，《汉书》二十五个字，然而这短短数十字读起来却似有千斤重砣压在胸口，让人无法呼吸，更不敢去想象一个美貌如花、能歌善舞的女子竟是这样的人生收场。虽说红颜薄命，可是薄命至被人凌虐惨死，却是任何人也猜不中的结局。而处置戚夫人后，吕后的行为就难以用"正常"二字来形容了：

居数日，迺（乃）召孝惠帝观人彘，孝惠见，问，迺知其戚夫人，迺大哭，因病，岁余不能起。使人请太后曰："此非人所为。臣为太后子，终不能治天下。"孝惠

以此日饮为淫乐，不听政，故有病也。

这简直让人匪夷所思。以平常人之心度之，吕后已经完胜戚夫人，自己的后位、儿子的帝位，已经不能被这个人不人鬼不鬼的女人夺走了，为何不一刀杀了她，好让这可怜的女人早日脱离苦海？为何还要让儿子亲眼来观看戚夫人的下场？这一点我无论如何也想不通。天下万千母亲都心疼子女，不忍子女眼见世间悲伤，可是吕后却高兴地让儿子来看"人彘"！难道她认为惠帝秉性太过柔弱，想以此刺激儿子，让儿子多见识见识惨绝人寰的悲剧，好做一个"类高祖"的皇帝？可是惠帝幼年时是经历过战争和离乱的人，他对人间的痛苦和悲伤不可能没有体验，即使摆在他面前再多惨剧，他的秉性只会让他痛苦到无以复加，并不能"坚强"他的内心。不知彼时召惠帝来见戚夫人的吕后如何作想？又不知惠帝因此而病后，她作为母亲的心会不会痛？

拿戚夫人开了刀，朝野上下噤若寒蝉，皇帝不敢过问，这让吕后更加肆无忌惮。她就像一匹疯狂的野马，脱离了刘邦的驾驭，开始在西汉的疆场上任性驰骋。永巷里高祖的嫔妃夫人们都被处死，刘邦的儿子们也几乎被赶尽杀绝。到了这个时候，吕后才把前半生所有的怨恨一股脑地倾倒出来。诛杀刘邦的儿子们，或许可以认为是她谋求吕氏家族掌权的政治策略，但幽禁残杀高祖妃嫔，让刘邦身边的女人全都从自己眼前消失，则生发于一个女人内心最隐秘的嫉妒和幽怨。此时此刻，一手遮天的吕后才终于长出一口恶气，一辈子所有的隐忍仿佛都只是为了体验这一刻报复性宣泄带来的痛快酣畅之感。

如今，陪伴在刘邦身边的女人只有吕后。五陵原上，长陵占据最高点，高祖陵与吕后陵东西分立，共享祭祀。千百年来，在这荒凉的土地上，只有吕后陪伴刘邦经受着寂寂黄土原上的风霜雨雪、西风残照，如同他们在世时那样，同风雨、共患难。那些和刘邦享受风花雪月的女人，早已零落在乱坟堆的荒草中，化作春泥护了花。不知道长眠地下的刘邦如果得知身后结局是如此，他是该无奈长叹，还是也会畏惧于吕后的阴毒？

吕后以极端的方式，守住了与丈夫共同打拼的家业，也守住了丈夫这个人——哪怕是死，也只能由我来陪着你的尸骨。

笑到最后的薄太后

吕后去世，西汉朝廷经历了一番乱哄哄的宫廷政变，刘邦的第四子、代王刘恒意外地继承帝业。于是，新皇帝带着母亲薄太后和妻子窦氏，由高陵经横桥入横门，来到长安。薄氏顺理成章地成为长乐宫的第二位女主人。

薄氏和她的儿子、儿媳是被命运垂青的幸运儿。在吕后对刘邦后妃及子嗣的疯狂迫害下，薄氏和刘恒是硕果仅存的母子。薄姬本来是魏王豹的妾室，魏豹叛汉被杀后，她以俘虏身份被送入汉宫织室织布。刘邦见她稍有姿色，就纳入了后宫。然而，纳入后宫的薄姬却一直没有得到新任丈夫的注意，可见，她的姿色在美女如云的后宫并不特别出众。史书记载，薄姬与刘邦仅有一次激情之欢，后再无记录。这仅有的一夜情还是承靠了其他两位美人在刘邦面前的戏语才得到的机会。这次宠幸后，薄姬马上有了身孕，汉高祖四年（前203），她在河南宫内成皋台生下儿子刘恒。刘邦去世后，吕后幽禁后宫嫔妃，残杀刘姓子孙，薄姬因为非常少见刘邦的面，在刘邦跟前从不魅惑邀宠，吕后便准许她出宫，随儿子前往封国代。薄氏幸运地摆脱了吕后的监视和掌控，在代地过着较为随心的生活。

因为薄氏的"仁厚"，朝臣们在铲除诸吕后，考虑新皇帝的继任者时，才会倾向代王刘恒。薄氏的聪慧和无争，为儿子荣登大宝的命运铺垫了坚实的道路。刘恒继位，薄氏跟着儿子再次回到阔别多年的长安。这一次，她名正言顺地以大汉太后的身份入主长乐宫，真正享受了长久快乐的日子。

薄姬一生命运起伏离奇。这个在后宫众多佳丽中并不起眼的女人，却拥有超然于戚夫人等辈的大智慧，使得幸运之神不得不倍加眷顾。现在很难去揣度薄姬嫁给魏王豹时，有没有真心爱过这个男人，也更难猜测她对刘邦到底有几分真情。即便对刘邦有过真心，但刘邦万花丛中过，不曾留意过薄姬，我想，再真的心恐怕也凉了吧。我总觉得薄姬的薄姓，也许正体现了她对待刘邦的态度，甚至是她一生为人处世的态度。从史书记载看，薄氏每临大事时，自有一种冷静态度，不卑不亢，得理得体，这是一种大智慧，亦是凉薄之人独有的薄态。想及此，那么刘邦爱不爱她，于她而言其实便不是那么重要，如何在乱世中为自己谋得生存之道，大概才是这个女人最大的心思。在情与理的选择中，这个于乱世而生的女人，毫不犹豫地选择了为自己而生、为自己而活。在长乐宫里这场不见硝烟的战争中，看起来与世无争、毫不起眼的薄氏才是那个笑到最后的女人。

薄姬去世后，没有葬入高祖长陵，常伴刘邦。她也不可能葬入儿子的霸陵，这不合规制。薄姬是西汉唯一一位另起陵墓入葬的太后。薄姬的南陵位于白鹿原上，北边可见长陵，遥望高祖；南面就是霸陵，儿子近在眼前。长眠南陵对薄氏来说，应是最完美的安排，也是她一生的写照：不与吕后争锋芒，只与高祖隔河望。一生倾尽为文帝，死后长眠有子伴。

摆脱不了的母亲和奶奶

薄氏死后，长乐宫主位轮到了她的儿媳——孝文皇后窦氏。

1968年，河北省满城县（今保定市满城区）的一座汉墓里出土了一件精美绝伦的青铜灯器。灯体是一个通体鎏金、双手执灯跪坐的宫女，面庞秀丽端庄，神态恬静优雅。宫女一手执灯，另一手的衣袖挡着风，既避免了灯火被风吹灭，袖管又有吸收油烟的功能，造型不仅生动，而且十分实用。这盏灯就是著名的长信宫灯。长信宫灯原本属于阳信侯刘揭，景帝年间，刘揭的儿子刘中意因为参与"七国之乱"，失败后被废黜，其封国与财产收为国有。长信宫灯作为没收的财产之一，辗转送入长安，后又入长乐宫，由窦太后的宫殿长信宫浴府使用。窦氏双目失明，这盏宫灯就在长信宫中陪伴她度过了一个又一个漫漫长夜。后来，窦太后将此灯赐给中山靖王刘胜的妻子窦绾，窦绾死后，这盏灯便随她一同葬入墓内，直到20世纪60年代才重见天日。

长信宫灯若能说话，它定会有许多陈年故事娓娓道来。

窦氏生活在西汉王朝由积贫积弱逐渐走向富盈强盛的历史时期，她本人又十分强势，对景帝和武帝初年两朝的朝政极有发言权，可谓一言九鼎。《雍录》记载："七国反，景帝往来东宫间，天下寒心。师古曰：'谓咨谋于太后也。'"可见太后窦氏对当时朝政时局的影响甚于三公九卿诸大臣，而长乐宫在吕后之后，依旧是左右朝政的政治中心。

"七国之乱"平定后，窦氏又在帝位继承的问题上屡屡发难，坚持要皇帝立自己的弟弟——窦氏的次子梁王刘武为储君，令景帝几度为难，也让王位继承权的问题变得棘手。

在有名的"金屋藏娇"故事里，窦太后也有出场，并且扮演了重要的角色。如果没有窦太后的首肯，刘彻的母亲王美人即使花再多的钱，盖再多的金屋把太后的外孙女陈阿娇娶进门，儿子依旧只能是个封国藩王，赫赫有名的汉武大帝得不到奶奶的同意，根本不可能出现在中国史册里。

强势干政的窦太后让年纪轻轻就当上皇帝的孙儿刘彻伤透了脑筋。武帝是个喜欢折腾的皇帝,而汉初休养生息的国策,在经历了文景之治后,等到武帝继位,其国力已经足够让这位胸怀大略的年轻皇帝折腾了。然而,老太太死活不答应孙子的各项革新之策,尤其反对武帝废除自西汉立国以来就在文化思想领域推重的黄老之术。重用儒生,被窦太皇太后认为是大逆不道之举,在以孝立国的汉代,这是一项非常严重的指控,甚至关系到能否坐稳皇位。实际上,汉武帝刚继位时推行"建元新政"便立刻遭到窦氏的强烈反对和处处掣肘。他试图绕过长乐宫,夺回被东宫抢走的权力。然而,以窦氏长居深宫几十年的丰富政治经验,对付年轻的汉武帝绰绰有余。窦氏以迅雷不及掩耳之势解除了武帝身边的亲信,摧毁"建元新政",并且安插自己的势力遍布武帝身边。此后,武帝与太皇太后的关系一度濒临破裂,窦氏甚至有废帝的念头。如此强悍精明的窦氏,想让谁当皇帝就让谁当,想废谁就废谁。这个双目失明的老太太,其权力欲的旺盛,比之吕后也不为过。在窦氏的强势打压下,"建元新政"不得不偃旗息鼓,武帝只能做一个乖孙子、乖皇帝,然后静静地等着窦氏入葬霸陵的那一天。

窦氏打压年轻的武帝,从西汉整个历史的发展来看,是明智之举。刘彻虽有雄心壮志，想要有一番大作为，然而他继位时，严格来说还未成年。这样一个刚刚脱离了稚气的孩子，一上台就妄图驾驭与他的年龄、能力和人生经验完全不匹配的政治改革，如果没有奶奶窦氏前台操纵、幕后经营，恐怕西汉的历史会被这位志向远大的年轻皇帝拖垮在半路，早早夭逝。历史学家也普遍认为，汉武帝时期正是西汉王朝由盛而衰的转折点。武帝的雄才大略与他的好大喜功恰如硬币的正反两面。如果没有窦氏的干政，恐怕这个转折点会更早地到来，等不到刘彻做了五十四年皇帝以后才渐渐显现。

这位历经三朝的老太太，眼睛虽然看不见，心里却比明镜还亮。不可否认，窦氏是一个权力欲和私欲很重的女人：一个儿子当了皇帝还不够，还想要搞"兄终弟及"；同意外孙女嫁给孙子，既成全了刘彻太子的名分，也保全了窦家势力，保证皇权不旁落。但窦氏比吕后聪明的一点在于知进退。她知道何时该干政，何时该放手。这种智慧源于她对黄老之学的推崇，源于对"不争是争"从政治角度的深刻理解。所以窦氏不会像吕后那样，对权力走火入魔。她总是在被自己欲望控制的时候，及时刹住脚步，缩回伸长的手，避免做出荒唐的事。窦氏不是一个清心寡欲的女人，更称不上"温婉"二字，她一生最大的幸运不是嫁给汉文帝，不是生了汉景帝，她的运气更多地来自对黄老学说的认同和自觉践行。黄老之术温和收敛的学术气质无声地将窦氏性格中跋扈专横的一面绑了起来，绑缚得不松不紧、恰到好处，才使得窦氏在汉宫如鱼得水、收放自如。与长乐宫的前两位女主人相比，窦氏年轻时既得到了丈夫的宠爱，后半辈子也可称得上是子孙绕膝、福寿双全。

安然去世的窦氏死后葬入霸陵，长久地陪伴在丈夫汉文帝的身边。

窦氏死后，汉武帝全面收权，连消带打，铲除了奶奶窦氏和母亲王氏家族的所有外戚势力，并禁止母亲王太后干政。武帝一朝直到最后，外戚势力都没有抬头，更谈不上制衡皇权。汉武帝更是在临死前，担心幼子刘弗陵因"子幼母壮"重蹈自己初登帝位时的覆辙，狠心赐死毫无过错的钩弋夫人，可见他对即位初期东宫的干政有多么痛恨。

无论如何，窦氏死后的很长一段时间里，长乐宫仅仅是"长奉母后"的宫殿，恢复了它本来的面目，一度花开花落，岁月如斯。

少女太皇太后的悲剧人生

西汉王朝有两个小高峰,以汉武帝为界,前期是"文景之治",后期是"昭宣中兴"。男人们的丰功伟绩都被史家秉笔直书在各卷书册里,受后人敬仰、膜拜。偌大一座长安城,能留下姓名的寥寥无几,一草一木、一砖一瓦,及至一人一身,都被岁月抹逝得灰飞烟灭。如果不曾留心,没人会在意长乐深宫里寂寞的上官氏一生的孤苦无助。是啊,她是太皇太后,是整个长安城里最尊贵的女人,命运能有多么不堪?

汉武帝临终托孤,霍光、上官桀等四人一时风光无两,成为昭帝一朝翻云弄雨、权倾朝野的重臣。利多必有投机者,汉昭帝十二岁时拟立皇后,霍光的女婿、上官桀的儿子上官安搭着父亲和岳父两个托孤大臣这趟顺风车,欲为女儿谋取皇后之位。上官氏彼时多大?年仅六岁。上官父子的算盘打得精明,甭管年龄,先让自己家的女孩子占着位子。然而外祖父霍光却没有答应这件看起来于己也有利可图的事。霍光的拒绝是出于公心还是私心,不得而知。史书记载,他是以上官氏年龄太小为由拒绝上官安的。此路不通,另寻他路,上官安在抚养昭帝的鄂邑长公主那里打通了门路,一番运作之后,顺利地把天真无知的女儿送进了未央宫,初封婕妤,一个月后立为皇后。

女童皇后上官氏在后宫无忧无虑地过着她即将早逝的童年。这段岁月短得等不到她长大,就因为父亲与岳父的矛盾激化戛然而止。

用"否极泰来"四个字形容上官安再贴切不过。女儿以六岁之幼母仪天下,本是有悖伦常,既已遂了他的心愿,更要敛傲气忌嚣张。然而他还要跳来跳去,不肯安分,终于触碰到了霍光的底线。后来,上官桀妄图阴谋废除昭帝,并自立为帝,霍光立即发兵,逮杀了上官父子及所有妄图叛乱的人,上官一族所有人丁悉数被杀,一个活口也没有留下。

这一年,上官皇后年仅八岁。

年幼的皇后不可能参与父亲发动的政变,加之母系霍氏一族正是烈火烹油、鲜花着锦的鼎盛望族,所以上官族人被灭门时,并未牵连到上官皇后。除掉了上官父子,霍光真正成为大权在握的重臣。这个时候,当初不情愿送入宫的外孙女对他而言又变得极其重要了。为了让上官氏早日诞下龙嗣,霍光授意群臣上书昭帝,建议除皇后外,皇帝应少去后宫其他嫔妃处,以保龙体康健。后来,他们又让上官氏下令后宫妃嫔宫女不得侍寝。这样一来,昭帝只能在后宫椒房殿待着了。世上的事情往往求之而不得,越是求，越得不到。尽管上官氏独得"专宠"，然而却一直没有生育子嗣。我甚至怀疑，汉昭帝去椒房殿也许只是给霍光做做样子，和他的小皇后聊聊天而已。以上官氏的年龄推断，她移居长乐宫时年方十五，那么和昭帝日夜相对的那几年，她连十五岁都不到，还是一个懵懵懂懂、不知人事的小姑娘，更无法理解"情窦初开"这个摄人心魄的美好词语。情发于自然，付之爱人，可是汉昭帝和上官氏这对夫妻，且不说年龄鸿沟巨大，两人被各怀鬼胎的群臣的私利绑缚着硬是拉扯在一起，人人都想从他二人的婚姻中攫取自己的最大利益和政治保障。想及此，恐怕即使上官氏倾国倾城，昭帝都不会有半分疼爱之情。上官氏尽管年幼，但她的家人被皇上杀光，自己被当成傀儡一样任由他人摆布，送奉到仇人床前，想到这里，她对年轻的昭帝又会有几分少女怀春的柔情蜜意？无数个被逼迫着待在一起的夜晚，两个人也许真的就只是待在同一个屋檐下，无言以对吧！

公元前74年，年轻的昭帝在没有儿子的遗憾中撒手人寰，霍光拥立昌邑王刘贺为弟，上官氏被尊为皇太后，移居长乐宫。

不到一个月，霍光又以刘贺荒淫无道为由，废除帝位，另立刘询登基。上官氏论辈分是刘询的祖母，因此，又被尊为太皇太后。这一年,上官氏年仅十五岁,是中国历史上最年轻的太皇太后。

太平日子过久了,人就要折腾些事情出来。霍光的妻子为了让女儿霍成君当皇后,毒死了宣帝的糟糠皇后许氏。霍光病逝后第二年,霍家因为谋反,被宣帝灭族。八岁,父系一族被灭门;二十三岁,母系一族尽数被诛。上官氏一生无儿无女,两家人口,真的就只剩下她一个孤家寡人。

后宫的女人们为了荣华富贵和名分地位,一生圈在深宫中斗得你死我活。成王败寇,输了的幽怨愤恨,赢了的也未必能笑得灿烂,谁不是一身伤痕累累?在世人眼中,上官氏不必经受后宫的层层历练,就到达了他人终生难以企及的地位,享万民叩拜之福,终老深宫。她的一生似乎在出生前就被所有参与的人安排好了。她不必去吃苦,不必去费力,不必去受罪,就可以六岁之幼荣享后位,二十三岁就是两宫中人人都要供奉、人人都要听命的女人。可是揭开历史光鲜诱人的包装,我却在冥冥中看到一个年轻的女子独居长乐深宫,日日复日日,年年复年年。宫里的每个人都对她低眉垂首,可是没有一个人能真心地嘘寒问暖。她曾经坐享垂帘听政之荣,可是帘子后面的这个女人心里深深地知道,从六岁进宫起,她就只是一颗棋子，就像如今她端坐帘幕后面，一言一行却全都出自外祖父霍光授意一样。她如同一棵小草，风吹向哪里，她只能摆向哪里，不能有半分独立于世的顺遂。父母族人在政治斗争中全部被杀，小小年纪就经历杀戮的上官氏，如何说她没有经过历练？她的历练比后宫其他女子都要早得多、痛得多。即使贵为皇后，她这颗棋子在婚姻中的作用也不过是生育皇子。十三四岁对一个女子来说，是一生中最短暂却最美好的年华，如一朵含苞待放、娇羞欲滴的花朵，正要绽开饱满的花瓣，怒放于阳光之下。然而上官氏在如斯年华里，与夫君朝夕相对，却要时时揣摩、处处留心，所做的一切不过是要当好一颗棋子，待在正确的位置，保住自己的性命。这朵娇艳的花一生也等不来她的盛放期。

五十二岁时，上官氏在长乐宫平静地离开了人世。她来到这个世上，享尽了人间的荣华富贵，也承受了亲人被诛的惨绝之痛。无儿无女的她能在后宫得养终老，却无人真正关心她是否开心、幸福。她这一辈子，是一颗成功的棋子，一棵把握住风向的小草，一个真正意义上的"孤"，唯独不是一个品尝过爱与被爱滋味的女人。一生荣华尽不得，寂寞幽居的岁月里，整个长乐宫仿佛都能听到上官氏轻轻的叹息声。声音幽幽，听得风儿、花儿、虫儿都安静了下来，只有明月独照，年华老去。

明月似团扇,月圆人不圆

孝元皇后王政君是西汉王朝最后一位入主长乐宫的太后。王政君历经宣、元、成、哀、平五朝,更亲眼看着自己的侄子王莽改汉自立,一生经历大风大浪,她始终得以保全自身不被影响。王政君做太子妃时,不甚得宠,但她非常幸运地生下了皇子刘骜。宣帝非常喜爱这个长孙,出入时常带在身边。元帝继位后,王政君顺理成章地成为皇后,她的儿子刘骜也很快被封为太子。刘骜年轻时是个模范青年,为人谨慎,好学上进。《汉书·成帝纪》记载,刘骜做太子的时候,居于未央宫以北的桂宫。有一次,父亲汉元帝召太子前往未央宫,刘骜匆忙出行,不敢跨越直城门大街上皇帝专用的驰道,因此一直沿着大街向西,由直城门上越过驰道,拐弯回来,向东进入未央宫作室门。这么一个恭顺勤谨的年轻人当了皇帝后,却仿佛换了个人似的,沉迷酒色,不能自拔。其中的原因,或许外戚干政是最合理的解释。汉成帝登基后,王氏一族异军突起,在王政君的授意下,王氏一族"一日五侯",风光无限。当年的太中大夫刘向描述王氏家族的鼎盛:

今王氏一姓,乘朱轮华毂者二十三人,青、紫、貂、蝉充盈幄内，鱼鳞左右……尚书、九卿、州牧、郡守皆出其门，管执枢机，朋党比周……历上古至秦、汉，外戚僭贵未有如王氏者也。

强大的母族势力夺走了相当多的皇权，使成帝亲政处处受到掣肘。从小生长在后宫的刘骜没有经历过风浪，太平天子既没有遭遇汉武帝成长时国家的外患不断，本身性格也柔弱，导致他对母舅一族既厌恶，又离不开。朝中大事，每每都要决于舅舅王凤，他才感到既放心，又安心。故而，当外戚势力铲除不掉时，成帝干脆全部打包交给母亲的家族处理，自己则当个甩手掌柜，心安理得地不作为，去过逍遥快活的日子了。

班婕妤就是见证了成帝个性转变史的那个女人，只是成帝的转变带给她命运的翻转，连饱读诗书的她自己都没有料到。

班婕妤是历史上有名的贤妃，她拒绝与皇帝共乘一辇的故事历来颇受世人称颂，太后王政君曾称赞她"古有樊姬，今有班婕妤"。班氏入宫后不久就得到了成帝的欣赏和宠爱，并为皇帝生下了一位小皇子。可惜孩子几个月后就夭折而亡，此后，班婕妤再未生育。班氏的美名不全依赖她的美貌，比之赵飞燕的婀娜善舞倾国貌，班婕妤腹有诗书气自华。这种从诗书中熏陶出来的见识和气度，在关键时刻保全了她的性命。

赵氏姐妹以无权无势无背景的微寒出身宠冠后宫，迷得汉成帝神魂颠倒，直呼"吾老是乡矣，不能效武皇帝求白云乡也"。赵氏姐妹骤然富贵，一时贵不可言，然而她姐妹二人要想在这深宫中长久立足，除了牢牢抓住成帝的身心外，再无外戚贵胄可以依靠。她们对皇帝的"霸占"引起了皇后许氏深深的不安与痛恨，万般无奈之下，许皇后只得祈求神明保佑，却被赵氏姐妹污蔑在宫中行巫蛊诅咒皇帝和怀孕嫔妃。西汉王朝对巫祝十分忌讳，戾太子刘据就曾因为江充诬陷其巫蛊诅咒武帝而自杀，牵连者达数万人。许皇后很快就被收回印绶，移居昭台宫。因为班婕妤在赵氏姐妹入宫前深受成帝宠爱，二人为了剪除情敌，不让班氏有复宠的机会，便诬陷班婕妤也参与了巫蛊一事。成帝责问班婕妤，她从容应对：

妾闻死生有命，富贵在天，修正尚未得福，为邪欲以何望？使鬼神有知，不受不臣之诉；如其无知，诉之何益？故不为也。

这一番说辞冷静理智，有理有据，不卑不亢，不仅让汉成帝打消了疑虑，还让他想起了班婕妤往日的种种好处来。因此，成帝不但没有责处班氏，反而厚加赏赐。

许氏被废后，赵飞燕获封皇后，入主椒房殿，而赵合德的昭阳殿也让成帝日日夜夜缱绻留恋。班婕妤经历了巫蛊事件的陷害，又眼见赵氏姐妹贵倾后宫，她早已明白自己再度被构陷是迟早之事。识时务者为俊杰，班婕妤奏明成帝，自请前往长乐宫侍奉太后。上奏得到获准，班氏从未央宫增成舍搬离，此后一直在长乐宫侍奉王太后，闲时读读书，聊以自慰。《汉乐府全集》里收录有一首托名班婕妤所作的《怨歌行》：

> 新裂齐纨素，鲜洁如霜雪。
> 裁为合欢扇，团团似明月。
> 出入君怀袖，动摇微风发。
> 常恐秋节至，凉飙夺炎热。
> 弃捐箧笥中，恩情中道绝。

班婕妤对成帝的爱，既深又浅。爱之深，是因为成帝是她今生唯一的丈夫，也是她今生唯一托付之人，以她的心性和教养，对成帝的爱一定是深沉而忠诚的。爱之浅，是因为班婕妤今生对爱情的理解脱不开她饱读的那些诗书中对女子如何去爱一个人的定义。当她每次觐见皇帝都要依照古代礼节参拜时，当她拒绝同辇并以桀、纣比附成帝时，她也许认为这就是爱一个人的最深情的方式。爱他，就要对他好，因为他不是普通男子，他是帝王，那么爱他就要辅佐他成为一代明君，受万人景仰。书上是这么教一个女人如何去爱男人的，她爱他，所以依照书上所说的，他一定也会爱她如宝，两情相悦，相敬如宾。

巫蛊之祸让班婕妤看清了书上那一套说法的虚伪和无用。原来爱一个人，单有真心是不够的，相敬如宾不过是情感冷淡的委婉说法。两个人在一起长久快乐，爱着对方所爱的，痛着对方所痛的，才是最刻骨铭心的爱情。当然，想要长久，还需要一点手段才能抓住男人的那颗漂泊不定的心。可是，连祈祷神明保佑她都不屑为之，又岂肯靠耍弄手段心机邀宠帝王？急流勇退，失去了爱人，至少可以保全性命。请奉长乐宫，既是班婕妤的无奈自保行为，亦未尝不是她入宫数载、恩爱数年后，彻底看清了爱情本质后的寒心。这首《怨歌行》是否出自班婕妤之手，很难确定。虽然《文选》《玉台新咏》和《乐府诗集》中均将此诗认作出自班氏之手，然而《文选》李善注又引《歌录》云："《怨歌行》，古辞。"所以说它是班婕妤的作品，缺乏足够的证据。实际上，巫蛊之祸以后，以班婕妤的聪慧和见识，她一定已经清醒地认识到了成帝的昏庸和自己的危险处境，所以才会自请前往长信宫，退一步的举动也更加表明了她对成帝的失望。如此一个清醒、机智、冷静的女人，从爱情的幻梦中醒来后，心中已然明了现实的冷酷与无助，因此内心是不太可能聚集太多伤感和幽怨的情绪的；相反，她会以更加理性的头脑去分析眼前的困境，保全自己和班氏家族的长久平安。所以，在班婕妤做出自请侍奉太后的决定的那一刹那，她对成帝的爱也就随风而逝了。至于《怨歌行》的字里行间流露出的怨愤之情，以班婕妤的气度和修养，应当不会如此。

绥和二年（前7）三月，汉成帝在温柔乡里流连缱绻，终于实现了老死于此的梦想，崩于未央宫的昭阳殿，赵合德畏罪自杀。班婕妤请命前往延陵守墓，以终其身，王太后允其所求。班婕妤会不会主动提出看守陵园值得商榷。她能以急流勇退之态保全性命，是看透了成帝待她日益冷淡后的心如死灰，所以退居长乐宫请奉太后，对成帝的恩爱恐怕也不如昔日深重，只求在深宫平安终老。如果是这样的话，那么主动提出来去看守陵园，就很难符合班婕妤的心理逻辑了。实际上，西汉创制以来，一直有先帝驾崩后，后宫无子嫔妃奉命出宫看守陵园的祖制。《汉书》中记载：

武帝时,又多取好女至数千人,以填后宫。及弃天下,昭帝幼弱,霍光专事,不知礼正,妄多藏金钱财物,鸟兽鱼鳖牛马虎豹生禽,凡百九十物,尽瘞藏之。又皆以后宫女置于园陵,大失礼,逆天心,又未必称武帝意也。昭帝晏驾,光复行之。至孝宣皇帝时,陛下(元帝)恶有所言,群臣亦随故事,甚可痛也!

从西汉的实际情况看,有子的妃嫔会跟着儿子前往封国生活,安度晚年,史书中未提及无子妃嫔们殉葬先帝的规例,所以按照汉家规制,后人所谓班婕妤请命看守陵园,真实情况应该是循例前往。《汉书·外戚传》明确写道:"至成帝崩,婕妤充奉园陵。"如此一来,班婕妤一生的情感轨迹便可了然。佳人如斯,风光不过数载,既得保全,却终究要为一个寒透了自己心的人独守陵园。相爱的人,日日厮守还嫌时间流逝过快;恩断义绝的人,一刹那的对视都是煎熬。才貌俱佳的班婕妤,生命的最后一年,在孤寂冷清的死人墓园里,每天与石人石马无言相对,看春花随流水,听鸣虫草木间。草木花鸟不知人意,她连叹息的意愿都没有了。这个饱读诗书、心性颇高的女子,活到最后,真如槁木死灰一般,生命的激情被幽深寂寞的汉宫庭院一点点吞噬,清醒机敏的才思也没能保全生命的美好，连落寞都没有，只有冰冷的石人石马那一双双冰冷的眼睛催促着她赶赴死亡的终点。

在为成帝看守了一年的陵园后，班婕妤凄然离世，时年四十余岁。

延陵的一角，有一处孤独的坟冢，当地人称之为"愁女坟""愁娘娘墓"，这"愁女""愁娘娘"，便是才貌双全的一代佳人班婕妤。

长乐宫缓缓落下帷幕，在这里曾经居住过的女人们，成也好，败也罢，都卸去了浓妆艳抹，静静地退到历史最幽深的角落里，悄无声息。此后，这座宫殿依然发挥着它的作用，接待来来往往的皇亲贵胄，继续热闹着，也继续寂寞着。

长乐宫，真的能带来长久快乐吗？

此恨未央

汉高祖七年（公元前200年）萧何奉命营造未央宫。《史记》载：

萧丞相营作未央宫，立东阙、北阙、前殿、武库、太仓。高祖还，见宫阙壮甚，怒，谓萧何曰："天下匈匈，苦战数岁，成败未可知，是何治宫室过度也？"萧何曰："天下方未定，故可因遂就宫室。且夫天子以四海为家，非壮丽无以重威，且无令后世又以加也。"高祖乃说。

由此可见，作为西汉中枢的未央宫，它的规模和形制十分宏大壮丽。未央宫建成后，刘邦曾在此大宴群臣，他的老父亲刘太公也在座席间。父子间有一场对话：

高祖奉玉卮，起为太上皇寿，曰："始大人常以臣无赖，不能治产业，不如仲力。今某之业所就孰与仲多？"殿上群臣皆呼万岁，大笑为乐。

这真是一场有趣的家常对话，也可窥见未央宫的华丽和刘邦的得意之态了。

刘邦一生多在外征战，起居主要在长乐宫，及至汉惠帝时期，未央宫才正式作为西汉朝廷中枢，地位超过长乐宫。此后，西汉皇帝办公居住皆在未央，长乐"长奉太后"。

如今，未央宫早已瓦砾无存，只有渭河南岸龙首原上的前殿遗址巍峨起伏，盘踞在城市的西北角，气势磅礴。前殿以北，是未央宫的后宫区。从前殿的高台遗址向北看，有一处规模颇大的遗址发掘地，形制规整，坐落之处也与未央宫的中心建筑前殿离得很近，可见此处规格等级颇高，在未央宫诸殿中地位重要。这里就是椒房殿，皇后日常起居之所。

未央宫的小皇后

吕后以太后身份一直居于长乐宫，未央宫的第一位正式女主人，是她的外孙女、儿子的外甥女张嫣。

刘邦去世后，吕后掌权。因利令智昏，在对权力无尽的渴望和妄图永世掌管的幻梦中，吕后做出了很多荒唐的事，其中，把外孙女嫁给儿子，可以说是西汉历史上最荒诞的一件丑事。张嫣，鲁元公主与宣平侯张敖的女儿，十一岁时由外祖母吕后做主，嫁给舅舅惠帝刘盈。吕后的算盘打得精明：外孙女嫁给儿子，生下皇子，这是吕家与刘家的又一次成功联姻，可保吕氏一族权力富贵不会落入他人囊中。人喜欢做梦，是因为现实永远不会受人的意志随意摆弄。吕后的如意算盘拨得当当响，可是世间的自然规律从来不买人的账。十一岁的张嫣因为年纪实在太小，千方百计，仍然一直无法怀孕。每每读史读到此处，我总是禁不住万分心疼这个小姑娘，未及成年就嫁人了不算，嫁的还是自己的亲舅舅。椒房殿的一盏盏烛火每夜通明燃烧，却无法照亮惠帝内心沉痛阴暗的角落。即使张嫣倾国倾城、品貌无双，可是惠帝怎能对自己的外甥女心生情愫？史书评价惠帝，与刘邦和吕后的个性大异，是个仁爱的人，他的道德观不允许，也不可能对亲外甥女有非分之想。而十一岁的张嫣与舅舅相向而坐，她内心的悲伤与无助、茫然与无措，又有谁能怜惜？这对是夫妻亦是舅甥的苦命人，只是吕后为了满足自己私心利益的玩偶，爱恨情仇都不由自己。所以女方抛开的年龄因素，也很难怀孕生育。

虽然惠帝与皇后张嫣没有子嗣，但是后宫的万花丛并没有耽误皇家的子嗣大业。惠帝与宫女分别生下了两个儿子：刘恭、刘义（后改名为刘弘）。张嫣因为想尽办法也不得怀孕，于是在吕后的设计下，先假装怀孕，然后杀死刘恭的生母，强取刘恭为子，谎称刘恭乃张嫣所生，并立刘恭为皇太子。读史读到此处，令人无话可说。后世尚有"狸猫换太子"，然而吕后连"狸猫"的遮羞布都不要，直接杀掉生母，夺走儿子。在这个荒诞的故事里，张嫣像是一个被吕后提溜着来回转圈的戏猴，未央宫上上下下心知肚明，看着张嫣的笑话，在她背后指指点点，但是没有一个人敢走上前来握握她的手，给予她一个哪怕是同情怜悯的眼神。公元前188年，二十五岁的惠帝去世，张嫣才十四岁。在吕后的操作下，张嫣的养子刘恭顺利登基，称前少帝，吕后临朝称制。诡异的是，张嫣的名分依然是皇后，而没有晋升为"太后"。刘恭渐渐长大，得知了事情的真相，对张嫣和吕后心生不满："后安能杀吾母而名我？我未壮，壮即为变！"吕后"闻之，恐其为乱"，于是将刘恭囚在永巷内，谎称病重，任何人都不得见。不久，刘恭被废，并被吕后暗中杀害。公元前184年五月，惠帝的另一子刘义更名刘弘，成为新帝。吕后控制了刘弘，继续临朝称制。公元前180年，吕后去世，诸吕随即被剪除尽灭，刘弘被废。在朝臣的拥立下，代王刘恒器宇轩昂地进入长安，正式成为这个帝国新一任的皇帝。张嫣幸免一死，被新任皇帝安置于未央宫北端的北宫，度过余生。

北宫位于汉长安城未央宫以北，主要是安置被废贬的皇后的居所，环境极为幽静、冷清。年轻的张嫣在未央宫后面的这座幽僻深宫中，无声无息地生活了整整十七年。十七年的日出日落，只有她一个人静静地看着。文帝和他的后宫女眷们在未央宫过着自己的生活，没有人想得起她。文帝虽然没有杀她，但也没有看望过她，连最基本的象征性礼节都没有，"恩礼颇俭"。本来以为逃过了吕后控制，可以松一口气的张嫣，却没想到命运的下一站竟然是更加漫长的孤单旅程。十七年风华正茂的美好年华，张嫣在北宫寂寞的宫墙内，只能听着从未央宫飘来的丝丝欢笑声和乐曲声，独对残月，眼睁睁看着青春的光影一点一点从自己身上挪开，生命一点一点暗淡下来。她的一生仿佛透明人一般，没有人关心过她的命运前途，没有人问候过她的寂寞痛苦，没有人在意过她是否快乐，也没有人亲近到可以与之倾诉衷肠。她在西汉气势磅礴的宫殿楼阁的压抑下，活成了一个谁也看不见的透明人，对谁都没有伤害，也对谁都没有利用价值。公元前163年，张嫣在北宫孤独地离开人世，终年四十岁。

《汉宫春色》里评价张嫣：

> 其在汉室，有三大功。劝太后勿诛诸功臣，与谋害代王，及敛诸门钥，使相国产不得入殿门，吕氏就诛，此其功之最盛者也。代王既立，后乃幽废，竟无崇奉之礼，盖地处嫌逼，虽贤如文帝，不能无介然于怀，故待后恩礼颇俭云。夫古圣后贤妃多矣，然荣与德皆极美而幽废者，惟汉张皇后一人。

骄而不娇的陈阿娇

"金屋藏娇"的故事主人公陈阿娇是个顶着光环出生的女孩，正经八百的皇亲国戚。父母似乎是愿她如花一样娇美、娇嫩，所以取名"娇"，没想到女儿出身高贵，自然心高气傲，硬是把"娇"活成了"骄"，活出了一个由恃宠而骄生出的悲凉人生。

刘彻是景帝的第九子，本来轮不到他继承大统，然而汉家的政治体制，外戚势力拥有绝对的话语权，甚至可以抗衡皇权，刘彻的继位，就与长乐宫和未央宫里几个女人的明争暗斗密不可分。孝景四年（前153），栗姬所生的皇长子刘荣被立为太子，长公主刘嫖为图长久富贵，欲将女儿阿娇许配给太子。然而栗姬因为不满"景帝诸美人皆因长公主见景帝，得贵幸"，心中早已存了一口怨气，如今见其又贪慕权富，妄图插手自己儿子的婚事，更是怒火中烧。栗姬断然拒绝了长公主的"美意"。于栗姬而言，可谓是出了心中一口恶气，图了一时嘴上之快，然而当她干脆地回绝这门婚事的时候，并没有深想过得罪了长公主的后果有多么严重。彼时，长乐宫里的窦太后时时刻刻都惦记着要景帝立她的小儿子梁王刘武为储君。窦太后代表的窦氏外戚势力是景帝一朝不可小觑的一股力量，何况朝廷大事，每每都要决于东宫。长公主刘嫖是唯一可以在皇帝、太后和梁王之间进退自如的人。她既是太后的掌上明珠，又是皇帝和梁王的亲姐姐，多少外人说不得的话，由她去说，便成了母子姐弟之间的私房话。所以在景帝一朝的汉宫中，任何人都可以得罪，唯有这个蛮横贪势的长公主不能得罪。栗姬生活在情势复杂的后宫中，一双眼睛却只盯着皇帝，只顾怨怒皇帝的薄幸，看不到暗流涌动的深宫风云。栗姬着实是一个单纯的只顾要爱的女人，于她而言，生下皇长子，等于把她和儿子都放于火中炙烤，是她命运的最大的不幸。

螳螂捕蝉,黄雀在后。栗姬不屑答应的婚事,王美人却已经看到了其背后巨大的政治利益,赶紧接过了长公主这盘棋。"金屋藏娇"让长公主和王美人皆大欢喜,也注定了阿娇的婚事一开始就是一桩妥妥的交易。随后,在长公主和王美人的夹击与运作下,废刘荣,贬为临江王;栗姬恚恨,忧愤而死;窦太后审时度势,放弃了立梁王为储君的想法。孝景七年(前156),王美人被正式册封为皇后,其子刘彻为皇太子。

帝位,就在几个女人的轮番较量中更迭代换。

因此,汉武帝得以继承大统,他的姑姑长公主是出力最多的。也因为皇位的承继得助于外戚势力,所以武帝继位之初,处处受到外戚势力的掣肘,阿娇就是未央宫中这股势力的代表。刘彻与阿娇两个人性格其实很相似,一个如干柴,一个似烈火,两人碰到一起,干柴烈火烧得就特别旺,谁也不肯迁就谁。一个是太平太子,一个是侯门之女,一样的集万千宠爱于一身,一样的跋扈专横、好大喜功。所以阿娇入主椒房殿的那几年,武帝与她恩爱的时日不多,而且阿娇当皇后时,用度靡费,排场颇大,也令后宫诸人及武帝侧目而视。从武帝后来宠幸喜爱的嫔妃个性来看,他更喜欢与自己性格"不肖"且能歌善舞的女人。

如后来的皇后卫子夫，以平阳公主府歌女身份入侍武帝，其性格温婉柔和，行事勤谨恭顺，颇受武帝信任；病重蒙头不见的李夫人，更是舞姿绝伦，性格聪敏，死后仍令武帝念念不忘，以皇后身份入葬茂陵。钩弋夫人赵氏虽不见才艺和性格描述，但从史书中记载她无过，仅是由于武帝担心"子幼母壮"而被赐死，可以窥见赵氏也不是专横跋扈之人。与这些宠妃相比，阿娇的性格太"肖"武帝，反而笼络不住丈夫的心。但若只是性格不合，也不至于使矛盾激化。令武帝刘彻反感甚至于厌恶阿娇的，是她所代表的那股外戚势力。阿娇的身份是非常特殊的，她既是太皇太后窦氏的外孙女，又是窦太主（即长公主刘嫖，武帝时称太主）的女儿，她的皇后之名不仅仅是象征性的称呼，只代表她本人身份的尊贵，而是代表了处处掣肘皇权的外戚势力，其中以窦太皇太后和汉武帝的矛盾分歧最为严重。窦、刘、王三族通过阿娇这个纽带，以姻亲的形式牢牢绑缚在一起，便可一荣俱荣，最大化自己家族的利益。这个道理汉武帝心里明白，王太后明白，窦太主明白，太皇太后明白，阿娇自然也明白。可是阿娇不明白的是，既然这场婚姻从一开始就是政治结盟，那么她就不可能鱼与熊掌兼得——既攥紧手中的权力富贵，又得到爱情。爱情与婚姻从来就是两码事——尽管婚姻最开始是以爱情的面目出现的。阿娇的婚姻根本就不是由爱情生发出来的，它在一开始就暴露出了本相，没有遮羞布的掩盖。所以可想而知，当阿娇与武帝发生激烈的冲突，叫嚣着"如果不是我的母亲，你怎么可能当上皇帝"时，恰恰戳中了武帝的痛点。此言一出，宫内宫外甚至怀疑起了武帝即位的合法性：他既非皇长子，在景帝诸子中，有德有才且比他年长的皇子又不乏其人，何以他最后继承大统？众口铄金，人言可畏。从《史记》中记载"上之得为嗣，大长公主有力焉，以故陈皇后骄贵"来看，那时朝廷内外对于武帝继位一事，已经默认是外戚势力操作干预的结果。这个说法的广为流传，必然会使年轻骄傲的皇帝大为恼火，迁怒于阿娇。在旧的外戚势力不能消灭的情况下，武帝会隐忍阿娇的所作所为；然而一旦窦氏一门的老祖宗去世，阿娇和她的婚姻失去了保护伞，通向命运深渊的大门便会倏然而开。

阿娇和她的母亲都清楚，要想保住后位，永享富贵，生下皇子是当务之急。可是夫妻俩感情不和，子嗣也就无望。皇帝可以在万花丛中逗留，可是阿娇不可以。她一生的骄傲都陷在了无嗣的魔咒里。她可以在未央宫挥霍无度，可以对着宫人颐指气使，可以向武帝发飙撒泼，唯独提到生育，她便不得不偃旗息鼓。眼看着微贱的歌女卫子夫荣宠日隆，已经诞下三个女儿，阿娇骄横自负的性格逐渐带她偏离了人生的正常航道，开始向负面转化。她花费巨资求子不得，气急败坏和无可奈何双重夹击下，她在宫中行起了巫蛊媚道。汉承楚风，对鬼神一事极为迷信，因此也非常忌讳巫蛊之术，纵观西汉，尤以汉武帝最为忌讳。因此，当武帝得知阿娇"挟妇人媚道"后，他十分震怒，当即命令御史大夫张鸥彻查此案。真相很快就查清楚了："女子楚服等坐为皇后祝诅"，并且建立祠堂祭祀诅咒，祝告鬼神，祸害他人，"大逆无道"。我想，当汉武帝看到御案前呈上来这么一份案情报告时，他的内心应该是愤怒与狂喜并存吧！愤怒是可想而知的，而政治神经敏锐的汉武帝读罢奏章后，应该会立刻想到这是一个废掉阿娇的最佳理由和借口。接下来的事情顺理成章：阿娇被废，迁居长门宫，永不相见；巫蛊事件"相连诛者三百人"。

长门宫在长安城外，原来是阿娇母亲长公主的私家园林。汉武帝把阿娇迁置于此，是顾念与姑母的亲戚情分，也是顾念阿娇虽然被废，但仍然是自己的表妹。一夜之间从皇后变成废后，如同巅峰得意时，突然被一双手从背后推入深渊谷底，令人猝不及防。幽居长门宫，以阿娇骄傲张扬的个性，是绝不甘心的。她努力地为自己争取回到未央宫的机会，不肯坐以待毙。《长门赋》据传就是阿娇花费重金求司马相如所作，希望能以此赋打动武帝冰冷的心，挽救老死长门的命运。不惜花费巨资求人的阿娇希图以外力挽救走向末路的命运，却终其一生都不曾想过命运其实全由自己成全。权力和爱情，对她这样出身的女人来说，只能是单项选择。阿娇在婚姻中得到了权力后，继而渴求每一个女人都希望得到的爱情。但武帝不愿意给她，也不可能给她。给了阿娇爱情，就意味着给了她背后的外戚们肆意妄为干涉皇权的权力。爱江山甚于爱美人的刘彻有着一颗冷酷如冰的心，谁都不能动摇他的统治权。卫子夫、李夫人、王夫人、钩弋夫人……放眼望去，哪一个他所宠幸的女人不是起于微贱，背后毫无根基家底？阿娇痴情错付，她以为婚姻等于爱情，嫁给了刘彻就只能爱刘彻，可是婚姻根本就不是爱情的结果，爱情甚至妨碍婚姻。不知道在《长门赋》丝毫打动不了武帝时，阿娇有没有领悟到婚姻与爱情的实质，有没有开始思考这场婚姻于她到底是福是祸？

> 长门一步地，不肯暂回车。
> 雨落不上天，水覆难再收。

成也巫蛊，败也巫蛊

阿娇被废不久，歌女出身的卫子夫再度怀孕，并且为汉武帝生下了第一位皇子。彼时，武帝已经二十九岁，称帝十二年之久。姗姗来迟的皇长子令武帝欣喜异常，诏命枚皋和东方朔作《皇太子生赋》和《立皇子禖祝》。主父偃上奏请立卫子夫为皇后，武帝欣然同意。

空置了一年八个月的未央宫椒房殿迎来了新的女主人。

巫蛊媚道之术早早结束了阿娇华而不实的辉煌人生，却迎来了卫子夫轰轰烈烈的皇后生涯。卫氏一门不仅为武帝一朝贡献了一位勤谨恭顺的皇后，而且贡献了两位杰出的军事将领——卫青、霍去病。以微贱之身一跃而为未央宫椒房殿的女主人，卫子夫的翻身来得突然而又迅猛。与阿娇的骄纵不同，卫子夫身份低微，从小饱尝人间疾苦，又以歌女得幸受宠，她比前任皇后更会察言观色，更懂得体察人情世故。武帝一生宠爱过许多嫔妃，最著名的便是那位"一顾倾人城，再顾倾人国"的李夫人。然而史书中没有任何关于卫皇后善妒的记录，相反，在她执掌凤印的三十八年风雨岁月里，未央宫后宫几乎没有发生过嫔妃因争宠而互相倾轧的事情。恭顺贤良的卫子夫也让武帝十分敬重。尽管随着年纪渐长，卫氏容颜衰老，更不常见到武帝的面，然而武帝每每巡游外出，后宫诸事乃至少府所掌宫中事都交予卫子夫定夺。武帝归来后，卫子夫将重要的裁决汇报给他听，他对皇后的裁断从未有过异议，有时甚至免去卫子夫的汇报。可见，武帝对这位皇后的德行和处事能力是十分信任的。

盛极必衰，起于微末的卫子夫十分明白"月满则亏，水满则溢"的道理。对于武帝逐渐的疏远，她宠辱不惊，与后宫诸妃相安无事；对于诸卫子弟，她严格约束，不容外戚为虎作伥；对于朝政，她从不干预插手，安守本分；对于后宫诸事，她处事公正，以德服众。三十八年入主椒房殿的日日夜夜，色衰爱弛的卫子夫认真地做着一位合格的皇后该做的事情，从不逾越本分。历史上恐怕除了唐太宗的长孙皇后外，再无一位皇后可以与卫子夫比肩而立。突然的富贵没有冲昏卫子夫的头脑，可是命运不会因为她的清醒而改变航向，卫子夫恐怕怎么也不会料到，起于巫蛊之祸的她，最终会亡于巫蛊。

这是一场彻头彻尾的冤案。太子刘据得罪了小人江充，被诬告行巫蛊之术。被逼无奈之下，刘据起兵，卫子夫为了保护儿子，同意调用皇后的中厩车架，取武库兵器，并调动长乐宫卫队。事败后，太子出逃，后自杀，卫子夫也被武帝收回皇后玺绶。卫氏无以辩白，以死明志，自杀身亡。

不知道卫子夫在生命的最后一刻回望未央宫时，可曾想到了三十八年前的皇后陈阿娇？起之忽，亡之忽！勤勤谨谨地过了三十八年，德行都无可挑剔之处，却抵不过小人在丈夫身边的一句诬告。阿娇的蛮横任性是一种"罪"，她的恭顺贤良、善良公正何尝不是小人眼中的"过错"？据说，卫子夫含冤临死前，曾感慨道："早知如此，我还不如一直做平阳歌女！"这句话里包含了三十多年来多少辛酸、委屈与隐忍啊！

太子自杀后，武帝意识到这场冤案的大错特错，下令建造"思子台"，怀念这个诞生时曾让年轻的他欣喜万分的儿子。而对于皇后卫子夫，不见有任何思念之情载诸史书文章。她和阿娇秉性悬殊，但到底是同一类人，对爱情的憧憬甚于对权力的渴望。只是阿娇更愿意去争取爱情，不甘心失去；而卫子夫，只是默默地承受爱情幻灭后带来的痛苦和长久的寂寞。也许在她心里，这才是真正的爱情吧！

咸阳五陵原最西边的茂陵，武帝的长眠之处，以皇后之礼安葬的李夫人久久地陪着这位武功建树卓绝的皇帝，而真正的皇后卫子夫，却无法葬入茂陵。她死后，没有仪式，没有陪葬，只有一口又薄又小的棺材，装着曾经的平阳歌女，默默地离开未央宫，草草葬于长安城的南郊空地。

舞者赵飞燕

西汉后期，另一位以微贱之身入主椒房殿的皇后是历史上著名的舞蹈家赵飞燕。与同是以歌舞伎出身而执掌凤印的卫子夫相比，她的名声有些不堪。

赵飞燕出身卑微，父亲是江都王府舍人，精通音律。许是有父亲的遗传，赵飞燕自小喜欢音律，尤其善舞。后来，她和妹妹一同被送入阳阿公主府，开始系统地学习歌舞。赵飞燕的艺术天赋极高，在公主府教习乐舞时，她学得一手好琴，舞姿更是出众。相貌姣好，能歌善舞，这样才艺超绝的女人永远不会被沙尘厚土埋没。一曲舞罢，汉成帝果然对赵飞燕一见倾心，立即带入宫中，封为婕妤，入主昭阳殿。

唐代诗人徐凝曾作《汉宫曲》，描绘了赵飞燕优雅迷人的舞姿：

水色帘前流玉霜，

赵家飞燕侍昭阳。

掌中舞罢箫声绝，

三十六宫秋夜长。

赵飞燕凭借曼妙的身姿和精彩的舞艺，轻而易举地俘获了皇帝的心，踏出了迈入宫门的第一步。一入宫门深似海。进入未央宫的赵飞燕平步青云，获得盛宠。然而宫中妃嫔大多出身名门，家庭背景非富即贵。王府舍人出身的赵飞燕从进入宫门那一刻起，就不再是纯粹的舞者了。舞蹈从她生命的灵魂蜕变为获得富贵的手段。为了巩固皇帝对她的喜爱，在后宫佳丽中容身保全，她将自己的妹妹——同在阳阿公主府学习歌舞的赵合德引荐给汉成帝。赵氏姐妹入宫后，汉成帝将班婕妤等一众美人抛之脑后，特别是对妹妹赵合德，几乎到了言听计从的地步。借巫蛊事件，赵氏姐妹扳倒了许皇后。许氏被废，幽居昭台宫。班婕妤为明哲保身，自请前往长乐宫侍奉太后。王太后以出身低微为借口，拒绝成帝立赵飞燕为后。成帝便抬高赵氏门楣，令太后不得不同意。就这样，赵飞燕成为汉成帝的第二任皇后，从昭阳殿移居椒房殿，妹妹赵合德则一直居住在昭阳殿。

当了皇后的赵飞燕变得平庸起来。她轻盈的舞姿停留在太液池"风乍起，吹皱一池春水"的那个瞬间。那该是多么美的一瞬啊！和着乐声，和着风声，轻盈透明的薄纱随风飘舞，苗条的身姿婉转而动，似欲飘然飞天，又似仙女下凡。这大概是赵飞燕作为舞者最灿烂耀眼的时刻。彼时，她对舞蹈的热爱到了痴迷的地步，甚至自创了一种舞步。这种舞步跳起来手如拈花，身形似风，而她那轻盈的体态将这种似弱柳扶风的舞步表演得更是令人如痴如醉。如果她不费尽心思去当皇后，那么后人对她的评价，也许会如对唐代舞蹈家公孙大娘的评价一样高。可是命运的转盘是由自己的双手拨动的，她既选择了争夺后位，就必然要承受失去舞者灵魂的代价。

其实，在赵飞燕入主椒房殿前，汉成帝已然将全部心思转移到了赵合德身上，当了皇后的赵飞燕无论舞姿多么出众，也难以回转皇帝的心意。舞者最大的悲哀莫过于无人欣赏自己飘逸的舞姿，纵然赵飞燕登上了多少女人难以企及的宝座，却失去了舞者最大的快乐。野史中记载有赵飞燕私通侍郎的情节，不为正史所见，未必真有其事，但本质上是艺术家的赵氏，是一定不甘心顾影自怜、独守椒房的。这只轻盈的"飞燕"，飞上枝头变成了母仪天下的凤凰，舞蹈成就了她人生华丽的转身后，渐渐被疏于理睬。"凤凰"如何永远栖息在梧桐枝头，不被打回"飞燕"原形，成了赵氏姊妹唯一关心的事。当赵飞燕无论服用多少药丸都不能将皇帝的目光再度拉回到她一如既往的苗条身姿上时，姊妹俩便谋划着杀害成帝本就为数不多的皇子。赵氏姊妹以为后宫诸妃只要没有生育或皇子早夭，她们就可以一直独霸未央宫。许美人及中宫史曹宫御幸汉成帝后，都曾诞下皇子，但都被赵氏姐妹杀害。赵氏姐妹杀害皇子的心理动机十分清楚，但她们的同谋者竟然是皇帝本人，这真叫人匪夷所思！除了色令智昏，真的想不到还有什么原因能让对子嗣极度重视的皇帝亲手下诏，杀害自己的骨肉。《汉书》中记载明白：

……后客子、偏、兼闻昭仪（赵合德）谓成帝曰："常给我言从中宫来，即从中宫来，许美人儿何从生中？许氏竟当复立邪？"怼，以手自搞，以头击壁户柱，从床上自投地，啼泣不肯食，曰："今当安置我，欲归耳！"帝曰："今故告之，反怒为！殊不可晓也。"帝亦不食。

赵昭仪气势汹汹，又是寻死觅活，又要离开后宫。为了挽回美人的心，成帝随后下诏，令宫人前往许美人处，用一苇箧盛放刚出生不久的婴儿，带至昭阳殿。

未已，帝使客子、偏、兼皆出，自闭户，独与昭仪在。须史开户，呼客子、偏、兼，使缄封箧及绿绨方底，推置屏风东。恭受诏，持箧方底予武，皆封以御史中丞印，曰："告武：箧中有死儿，埋屏处，勿令人知。"武穿狱楼垣下为坎，埋其中。

这可真是爱美人不爱江山的"爱情"——为了平息对方的无理取闹，连白纸一张的婴儿都下得去手残杀的"爱"！

这次的谋杀事件，皇后赵飞燕虽然没有直接参与，但是赵氏姊妹在后宫无权势背景，二人互为依靠，保住了赵飞燕的皇后之位，就是保住了二人在未央宫的地位。且赵飞燕对妹妹怂恿皇帝屡次杀害皇子的行为从不加以劝阻，不仅有失"国母"之名，更间接参与了数次谋害皇嗣的行动，无论如何也难逃干系，所以民间才会有"燕啄皇孙"的童谣。

不再起舞的赵飞燕变得庸庸碌碌，既做不到母仪天下，也失去了舞蹈家的自信。汉成帝崩于妹妹的床榻后，她因私下串通定陶太后，保举其孙刘欣继位有功，暂享太后尊荣。六年后，庇护赵飞燕的汉哀帝去世，太皇太后王政君对赵飞燕早已恨之入骨，大司马王莽借机旧事重提，以杀害皇子之罪,褫夺赵氏封号,移居北宫,后迫使其自尽。

曾经在太液池翩翩起舞的赵飞燕就这样香消玉殒。

据传,《归风送远操》为赵飞燕所作诗歌。赵氏善舞亦善歌,《西京杂记》记载,"赵后有宝琴名凤凰,亦善为《归风送远操》"。这首诗写秋风萧瑟、寒霜早降之景,借以怀人,文字慷慨苍凉、豪壮深情,诗才不减班婕妤,可见赵氏文采不逊于舞姿。读此诗歌时,不禁在想,如果赵飞燕一生都只是个身在民间的热爱舞蹈的精灵,没有踏足过未央宫,不曾伴驾椒房,历史会不会记下她的名字,命运会不会为她安排一个更好的结局?转而一想,如赵飞燕这样才情绝伦的女人,无论身在何处,想必都不会被埋没,只是历史也许会以另一种方式记住她的名字。

凉风起兮天陨霜,

怀君子兮渺难忘。

感予心兮多慨慷。

两千多年后,长乐、未央在战乱的动荡和岁月的剥蚀下,瓦砾无存,烈日骄阳照得偌大的遗址故地一片惨白明亮,晃得人睁不开眼。这片土地上承载过的命运厚重得让人难以呼吸。"木秀于林，风必摧之"，两千年前生活在这里的女人们，既是人中之凤，也是受劲风摧残、命运最身不由己的可怜人。上天的宠爱让她们独得天资，禀赋出众，命运却在人生的十字路口冷酷地抛出欲望的选择。爱情与欲望纠缠在一起，模糊了她们的双眼。然而无论选择哪一条路，在长乐与未央的深宫里，都无法获得长乐未央。"天下熙熙，皆为利来；天下攘攘，皆为利往"，"获胜"者，似乎只有那些冷酷到底、目的唯名与利的女人。然而阴鸷如吕后，家族尽灭；冷酷如景帝皇后王氏，被同样冷酷的儿子限制其权力和膨胀的欲望，孤独终老；一生平安幸运的王政君，却间接促使西汉灭亡，为后人诟病。在永巷掖庭的无声战场上，中了明枪的人率先退出舞台，躲过暗箭的人也没能全身而退。此生何尝有过长乐未央？

许是人生永远无法长乐未央，方才取此名，聊以自慰吧！

"旧时王谢堂前燕，飞入寻常百姓家。"长乐与未央两座宫殿繁华过后，经受了寂寞的岁月，又见证了多少普通人家的悲欢离合，此时静静地卧在龙首原脚下，凝视着长安城里一代代的新老更替，收藏起这座城市日日夜夜发生的故事，让它们在长乐未央的美好期许中渐渐发酵，酿成一杯苦涩却绵长的陈年老酒,等待经过它们的人细细品尝人生的滋味。

越是艰涩,越是期望此生长乐共未央。